Os desterrados

Horacio Quiroga

Tradução e apresentação
Wilson Alves-Bezerra

ILUMI/URAS

Os
desterrados

Copyright © desta edição e tradução
Editora Iluminuras Ltda.

Capa e projeto gráfico
Eder Cardoso / Iluminuras

Ilustrações de capa e miolo
Luis Fernando Macaya [1888-1953], bico de pena, publicadas na revista argentina Caras y Caretas, de 4 de julho de 1925

Revisão
Eduardo Hube
Iluminuras

CIP-BRASIL. CATALOGAÇÃO NA PUBLICAÇÃO
SINDICATO NACIONAL DOS EDITORES DE LIVROS, RJ
Q82d

    Quiroga, Horacio, 1878-1937
      Os desterrados / Horacio Quiroga ; tradução Wilson Alves-Bezerra. - 1. ed. - SãoPaulo : Iluminuras, 2024.
      132 p. ; 23 cm.

    Tradução de: Los desterrados

    ISBN 978-65-5519-232-2

1. Contos uruguaios. I. Alves-Bezerra, Wilson. II. Título.

Gabriela Faray Ferreira Lopes - Bibliotecária - CRB-7/6643

2024
ILUMI//URAS
desde 1987

Rua Salvador Corrêa, 119 - 04109-070 - São Paulo/SP - Brasil
Tel./ Fax: 55 11 3031-6161
iluminuras@iluminuras.com.br
www.iluminuras.com.br

Sumário

A condição do desterro, 9
  Wilson Alves-Bezerra

OS TIPOS

Os desterrados, 19
Van-Houten, 31
Taquara-Mansão, 41
O homem morto, 51
O telhado de cabreúva, 57
A câmara escura, 73
Os destiladores de laranja, 83

O AMBIENTE

O regresso de Anaconda, 101

Sobre o autor, 121
Sobre o tradutor, 131

A condição do desterro

Wilson Alves-Bezerra

1.
Haveria uma pátria para os desistentes? Um lugar onde buscar o esquecimento da vida pregressa, e enterrar o passado. Lá, a lei se reduziria ao mínimo que necessita o homem para reger seu corpo em oposição a outros, e onde a trangressão poderia ser negociada. Lá a lembrança seria sempre deitada de lado, e a memória poderia ser narcotizada.

Se há um lugar assim na literatura latino-americana, é a selva de Misiones que Quiroga traz com crueldade a seu leitor urbano nestes oito contos que compõem o volume Os desterrados *e que a crítica coincide em considerar como a obra-prima do contista. Publicado originalmente em 1926, este livro traz uma coleção contos que se ordenam sob o signo do desterro. O curioso é que o desterro é nele entendido como lugar de convergência: é Misiones, para onde foram os que não tinham lugar, os que fugiam da lei, os que fugiam de si, os que fugiam da guerra, os que estavam de passagem e resolveram ficar. Nesta terra de ninguém, até o narrador veio de um outro lugar, não nomeado, e em Misiones deixou-se ficar.*

A perspectiva, portanto, é a de um lugar de chegada, não de partida. Tal território — que poderia ser geograficamente definido como a província argentina de Misiones, na fronteira líquida com o Brasil e o Paraguai — define-se muito mais por seus contornos naturais que por sua função política de fronteira internacional. O Rio Paraná, que divide Brasil e Argentina é tomado como lugar de navegação, e como lugar para a fuga dos recém-chegados brasileiros Joao Pedro e Tirafogo, do conto "Os desterrados".

Na Misiones de Quiroga estão os europeus fugidos da Primeira Guerra, estão os plantadores de erva-mate, madeireiros, peões, índios, brasileiros. Lá todos são desterrados. Mas e o que caracterizaria um lugar de fuga, onde não há propriamente o colono que veio deitar suas raízes? A dispersão que trouxe o homem de seu alhures também não é aquela que o impele a seguir adiante em seu movimento de escape? Sim, os desterrados de Quiroga seguem em seu movimento de errância, num caminhar sem termo, somente interrompido pela morte.

É o que ocorre, por exemplo, com os peões brasileiros do conto "Os desterrados", que havendo passado toda uma vida em terra estrangeira, na velhice resolvem voltar a pé ao Brasil da infância. Velhos e miseráveis na Argentina, sem o vigor que caracterizava sua juventude de marginalidade; sem lugar de regresso a não ser o território da infância, marcado pela lembrança dos pais; sem falar mais a língua portuguesa, e sem ter aprendido o espanhol. Joao Pedro e Tirafogo são a marca de que não há propriamente um desterrro, há um constante desterrar-se. Ou, dito de outra forma, que não há o lugar do desterro, há a condição de desterrado.

2.

Assim, o que vemos neste livro de Quiroga é a delicada composição do singular colorido dos personagens que se movem e formam esta pátria de desistentes, cuja imagem vai se formando ao longo dos relatos.

A Misiones que vai se desenhando, paradoxalmente vai, ao mesmo tempo, se apagando, pois cada novo personagem que nos é apresentado é um personagem menos, pelo destino trágico de cada *um deles. Como o termo do desterro é a morte, não o regresso, na obra de Quiroga, Misiones mostra-se muito mais como um cemitério de homens vivos, do que em sua exuberância de selva tropical. Em Quiroga, Misiones é o território da dispersão.*

Nesse sentido, seria possível alinhar a Misiones de Quiroga a outras regiões da literatura latino-americana, como a Comala de Juan Rulfo, povoado fantasma onde tudo já se passou, ou a Macondo de García Márquez, lugar do desvario político e das histórias maravilhosas. Com uma diferença particular, a Misiones de Quiroga guarda com a chamada realidade uma relação deveras particular.

O crítico uruguaio Emir Rodríguez Monegal referiu-se certa vez a este livro de Quiroga, dizendo que muitos leitores poderiam se decepcionar ao descobrir que os personagens de Os desterrados *haviam sido literalmente copiados da realidade. Para comprovar isso, o diligente crítico fez uma expedição ao povoado de San Ignacio, em Misiones, para entrevistar os desterrados de Horacio Quiroga. Ao empreender tal tarefa — aproximar e fazer equivaler literatura e realidade — Rodríguez Monegal além de alinhar-se de outro crítico uruguaio, Ángel Rama, que dizia que o objetivo da arte de Quiroga era ser "mera tradução acabada da vida", termina por tentar fazer uma particularíssima arqueologia da literatura quiroguiana.*

Tal via está aberta. O leitor ou o crítico investigativo pode, ainda hoje, tomar um ônibus ou entrar num carro e ir até San Ignacio, o povoado de Misiones onde viveu Quiroga, e comprovar na lista telefônica de uma só página a presença dos parentes de personagens dos contos de Quiroga. Se o seu atrevimento assim o permitir, poderá inclusive ligar para os netos de alguns personagens de Quiroga...

Talvez o leitor também desconfie, ao curso desta exumação, que o mérito literário do escritor não consista em ser um conduto transformador de realidade palpável em literatura. O pano de fundo dos contos de Quiroga são de fato a até hoje mais pobre província argentina, onde a principal atividade continua sendo a plantação de erva-mate e a exploração madeireira; onde a presença indígena segue marcante, inclusive no modo particular de falar dos misioneros; e onde a exploração do trabalho é suficiente para fazer frente aos canaviais do interior paulista, para nos limitarmos a um exemplo próximo. Entretanto, nem a obra de Quiroga é tradução acabada da vida, nem um panfleto em defesa dos humilhados — se assim fosse, tais páginas não teriam durado tanto. Cada um destes contos é a história de um homem a quem só se veria lateralmente, a quem não se prestaria atenção, e que nos é mostrado pelo narrador de Quiroga em seu momento de apoteose, mesmo que esta apoteose não raro lhe custe a vida.

Não há lugar para heroísmos, embora a grandeza do momento narrado destes homens encerre uma certa noção de que há algo de transmissível na experiência humana, não como ensinamento, mas como arte. A solidão intrínseca e a falta primordial. Bastem-nos alguns exemplos, o anônimo fotógrafo-narrador de "A câmara escura" vai acudir Malaquias Sotelo, um índio e juiz de paz asmático, numa hospedaria abandonada; mas o incauto fotógrafo é brindado por Sotelo com "o espetáculo de sua morte" diante de seus olhos, e com o privilégio de revê-lo à noite, ao revelar o retrato do morto em sua câmara escura. Uma relação silenciosa, sem sentido, entre um fotógrafo e seu modelo morto, levada às últimas conseqüências ao longo de uma noite.

Noutros casos, o sem-sentido é levado ao plano do trabalho, da burocracia, com uma sutil nota de humor. Em "O telhado de cabreúva", o juiz de paz é acossado por seu inspetor a preencher os livros de registos dos dois últimos anos, cujos dados das certidões encontram-se apenas registrados em pedacinhos de papel dentro de uma lata de biscoitos. Sucede-se a epopéia do preenchimento em inacreditáveis 72 horas e na travessia da selva para entregar os documentos ao inspetor.

Já em "O homem morto", ao cruzar a cerca, um lavrador escorrega em uma raiz, crava-se acidentalmente o facão no ventre e nada pode fazer, ademais de aguardar imóvel a chegada de sua morte. Acompanhamos desde muito perto essa agonia, em seus instantes finais.

3.

Quiroga alcança o grau máximo da sua arte ao reunir em alguns contos histórias de personagens que estão entrelaçadas, lançando uma luz em particular sobre cada um deles, e deixando os demais à sombra, apenas sugerindo as intrincadas relações entre os diversos homens.

Através desta forma vigorosa — já ensaiada um século antes por Anton Tchékhov, que idealizara um conjunto de contos autônomos que pudesse compor um romance — Horacio Quiroga constrói um painel de tipos singulares, no qual os signos do desterro e da morte, narrados sob as mais diversas perspectivas, convergem para a intranscendência da experiência humana, e apontam, no máximo, para sua transmissibilidade.[1]

Daí o narrador destes contos, suficientemente estranhado com o bizarro de seus personagens, e suficiente identificado com a humanidade dos mesmos, coloca-se numa posição para contar suas histórias que nunca é a da onisciência. Assim, Quiroga elude de sua obra o ensinamento e a moralidade que teriam feito estas histórias envelhecerem, e mantém o tom do observador, de quem viu ou ouviu contar os causos que então nos narra.

Esse tom de coloquialidade sustenta-se ao longo de todos os relatos da parte intitulada Os tipos. Na parte O ambiente, composta apenas

---

[1] Resposta diferente Quiroga dará, por exemplo, em seu último livro, lançado nove anos depois, *Más allá*, de 1935, quando o espaço dos contos não será mais a tórrida selva argentina, mas o insondável além-túmulo.

pelo conto "O regresso de Anaconda", o narrador adota a cadência da fábula para contar a história da grande serpente Anaconda, em sua tensa relação com os animais da floresta e preocupada em interromper a passagem do rio para evitar que os homens a venham destruir. Curioso contraponto zoológico que na edição original do livro abria o volume, e que nesta edição o encerra, e que, se por um lado mostra um Quiroga entre o contista infantil[2] e o narrador de Misiones, por outro fazem ressaltar seu olhar sobre a selva que irrompe de modo sutil nas demais narrativas do volume. Olhar que faz do homem um singular componente do cenário inóspito, e nunca o seu senhor. Olhar que mostra inclusive como a própria serpente pode ser uma desterrada em seu meio natural, ao levar adiante — em contradição com seus próprios ideais — uma estranha relação de amor com um peão moribundo.

4.

Se há o país dos desistentes, onde os homens podem abandonar-se a beber e esquecer que foram portadores de um nome, de uma vida, este lugar tem que ser em meio à floresta, tem que ser diante do rio — mesmo que metafórico — pois é onde a natureza se ocupa de transformar um corpo cultural em um corpo inorgânico, e onde se pode finalmente fazê-lo retornar ao pó e ao esquecimento, coberto pela terra, pela erva, ou levado pela água e pelo vento.

---

[2] Horacio Quiroga foi autor de dois livros infantis, recolhidos nos volumes *Contos da Selva* (Iluminuras, 2007) e *Cartas de um caçador*, (Iluminuras, 2007).

OS TIPOS

Os desterrados

Misiones, como toda região de fronteira, está repleta de tipos pitorescos. Costumam ser assim aqueles que, como as bolas de bilhar, nasceram com efeito. Espirram e tomam os rumos mais inesperados. Foi assim com Juan Brown que, tendo ido só por algumas horas ver as ruínas, ficou vinte e cinco anos por lá; o doutor Else, a quem a destilação de laranjas levou a confundir sua filha com uma ratazana; o químico Rivet, que se acabou como uma lamparina, abarrotado de álcool carburado; e outros tantos que, graças ao efeito, reagiram do modo mais imprevisto.

Nos tempos heroicos das madeireiras e da erva-mate, o Alto Paraná serviu de campo de ação para alguns tipos curiosíssimos, dois ou três dos quais eu acabei conhecendo, trinta anos depois.

No topo desta lista está um bandoleiro de um desenfado tão grande em questão de vidas humanas, que experimentava seus winchesters em cima do primeiro que passasse. Era de Corrientes e os costumes e o falar de sua pátria faziam parte de sua própria carne. Chamava-se Sidney Fitz-Patrick, e possuía uma cultura superior à de um egresso de Oxford.

A essa mesma época pertence o cacique Pedrito, cujas discretas estripulias permitiram-lhe comprar nas madeireiras suas primeiras calças. Ninguém tinha escutado deste cacique de feições bem pouco indígenas uma só palavra em língua cristã, até o dia em que ao lado de um homem que assoviava uma ária da Traviata, o cacique prestou atenção um momento, logo dizendo em perfeito castelhano:

— *Traviata*... Eu assisti a estreia em Montevidéu em 1859...

Naturalmente, nem mesmo nas regiões do ouro ou da borracha há tantos tipos de tão romântico colorido. Mas nos primeiros avanços da civilização ao norte do Iguaçu, atuaram figuras nada depreciáveis, quando as madeireiras e os acampamentos de erva--mate do Guayra abasteciam-se por meio de grandes barcaças puxadas a reboque durante meses e meses contra uma correnteza infernal, e submersas até a borda sob o peso de mercadorias avariadas, charque, mulas e homens que, por sua vez, puxavam como galeotes, e que alguma vez voltaram apenas sobre dez taquaras à deriva, deixando a embarcação no maior silêncio.

Entre estes primeiros peões mensalistas estava o negro Joao Pedro, um dos tipos daquela época que chegaram até nós.

Joao Pedro tinha desembocado da mata um meio-dia com as calças arregaçadas até os joelhos e a patente de general, à frente de oito ou dez brasileiros no mesmo estado que seu chefe.

Naquele tempo como agora o Brasil derramava sobre Misiones, a cada revolução, hordas fugitivas cujos facões nem sempre terminavam de secar-se em terra estrangeira. Joao Pedro, mísero soldado, devia a seu grande conhecimento da selva sua promoção a general. Em tais condições, e depois de semanas de mata virgem que os fugitivos tinham perfurado como diminutos ratos, os brasileiros piscaram os olhos turvos diante do Rio Paraná, em cujas águas claras de fazer doer os olhos a selva finalmente terminava.

Já sem motivos de união, os homens debandaram. Joao Pedro subiu o Paraná até as madeireiras, onde trabalhou por breve tempo, sem maiores peripécias para si mesmo. E advertimos isso porque quando, um tempo depois, Joao Pedro acompanhou um agrimensor até o interior da selva, terminou desta forma e nesta língua de fronteira o relato da viagem:

— Despuês tivemos um disgusto... E dos dois, volviô um solo.

Durante alguns anos, logo, cuidou do gado de um estrangeiro, lá nas pastagens da serra, com o exclusivo objetivo de obter sal gratuitamente para alimentar os cavalos de caça os e atrair onças. O fazendeiro acabou notando que suas bezerras morriam como *ex-professo* doentes em lugares estratégicos para caçar onças, e teve palavras duras para seu capataz. Este não respondeu no momento; mas no dia seguinte os colonos acharam o estrangeiro na picada, terrivelmente açoitado a facadas, como erva-mate picada.

Também desta vez foi breve a confidência do nosso homem:

— Olvidôse de que eu era hôme como ele... E canchei o francêis...

O fazendeiro era italiano; mas dava no mesmo, pois a nacionalidade atribuída por Joao Pedro era então genérica para todos os estrangeiros.

Anos depois, e sem motivo algum que explique a mudança de país, encontramos o ex-general dirigindo-se a uma fazenda de Iberá, cujos donos tinham fama de pagar de estranho modo os peões que reclamassem seu salário.

Joao Pedro ofereceu seus serviços, que o fazendeiro aceitou nestes termos:

— Para você, seu preto, pelo seu pixaim, vou te pagar dois pesos e a rapadura. Não se esqueça de vir receber no fim do mês.

Joao Pedro saiu olhando-o de esguelha; e quando no fim do mês foi receber seu salário, o fazendeiro disse a ele:

— Estende a mão, preto, e segura firme.

E abrindo a gaveta da mesa, descarregou em cima dele o revólver.

Joao Pedro saiu correndo com o patrão atrás, atirando nele, até conseguir esconder-se numa lagoa de águas pútridas onde, se arrastando debaixo dos aguapés e do capim, conseguiu alcançar um cupinzeiro que se erguia ao centro como um cone.

Escondido atrás dele, o brasileiro esperou, espiando o patrão com um olho só.

— Não se mexe, crioulo — gritou-lhe o outro, que tinha ficado sem munição.

Joao Pedro não se moveu, pois atrás dele o Iberá borbotava até o infinito. E quando levantou novamente a cabeça, viu o patrão que retornava a galope com a winchester em punho.

Começou então para o brasileiro uma delicada tarefa, pois o patrão corria a cavalo buscando fazer mira no preto, e ele ao mesmo tempo girava ao redor do formigueiro, esquivando-se dos tiros.

— Aqui vai o seu salário, macaco — gritava o fazendeiro a galope. E a boca do cupinzeiro voava em pedaços.

Chegou um momento em que Joao Pedro não conseguiu mais se equilibrar e, em um instante propício, mergulhou de costas na água pestilenta, com os beiços para fora para respirar, junto com os aguapés e mosquitos. O outro, trotando agora, seguia ao redor da lagoa procurando o preto. Finalmente, partiu, assoviando em voz baixa e com as rédeas soltas sobre o cavalo.

Na alta noite o brasileiro alcançou a beira da lagoa, inchado e tiritando, e fugiu da fazenda, aparentemente pouco satisfeito com o pagamento do patrão, pois se detém na mata para conversar com outros peões fugitivos, a quem o patrão também devia os dois pesos e a rapadura. Tais peões levavam uma vida quase independente, de dia no mato, de noite pelas estradas.

Mas como não conseguiam esquecer seu ex-patrão, resolveram sortear entre eles quem faria a cobrança dos salários, recaindo tal missão sobre o negro Joao Pedro, que se encaminhou pela segunda vez à fazenda, montado numa mula.

Felizmente — porque nem um nem outro desdenhavam a entrevista — o peão e o seu patrão se encontraram; este com o revólver na cinta, aquele com a pistola também.

Ambos detiveram a cavalgadura a vinte metros.

— Tá certo, crioulo — disse o patrão. — Veio para cobrar o pagamento, é? Vou te pagar agora mesmo.

— Eu vengo — respondeu Joao Pedro —, a quitar a você de en medio. Atire você primeiro, e não erre.

— Gostei, macaco. Segura bem o pixaim...

— Atire.

— Pois não — disse o outro.

— Pois é — concordou o negro, sacando a pistola.

O fazendeiro mirou, mas errou o tiro. E também desta vez, dos dois homens, somente um regressou.

***

O outro tipo pitoresco que chegou até nós era também brasileiro, como eram quase todos os primeiros povoadores de Misiones. Foi sempre conhecido por Tirafogo, sem que ninguém soubesse dele qualquer outro nome, nem mesmo a polícia, em cuja soleira nunca chegou a pisar.

Este detalhe merece menção, porque apesar de ter bebido mais álcool do que poderiam suportar três jovens fortes, conseguiu sempre se esquivar, lúcido ou bêbado, do braço dos policiais.

As algazarras que causa a cachaça nas festas do Alto Paraná não são brincadeira. Um facão, animado por um movimento de pulso de um peão, parte até o bulbo do crânio de um javali; e uma vez, diante do balcão, vimos o mesmo facão, e com o mesmo movimento, quebrar como um bambu o antebraço de um homem, depois de haver cortado limpamente em seu voo o arame de uma ratoeira, pendurado no teto.

Se em brincadeiras como esta ou em outras mais leves, Tirafogo foi alguma vez ator, a polícia ignora. Já velho, esta circunstância lhe causava riso, ao lembrar dela por qualquer motivo:

— Eu nunca estive na policía!

E além de todas suas atividades, foi domador. Nos primeiros tempos da madeira eram levadas para lá mulas xucras, e Tirafogo ia com elas. Para domar, não tinha então mais espaço do que os roçadas da praia, e rapidamente as mulas de Tirafogo disparavam até arrebentar-se contra as árvores ou rolar pelos barrancos, com o domador embaixo. Tinha fraturado e soldado as costelas infinitas vezes, sem guardar o menor rancor das mulas.

— Eu gosto mesmo — dizia —, de lidiar con elas!

O otimismo era sua qualidade específica. Encontrava sempre oportunidade de manifestar sua satisfação por haver vivido tanto tempo. Uma de suas vaidades era pertencer aos antigos colonizadores da região, a quem costumávamos lembrar com agrado.

— Eu sô antiguo! — exclamava, rindo e esticando desmesuradamente o pescoço para frente. — Antiguo!

Na época de plantação era fácil reconhecê-lo de longe, por seus hábitos para carpir a mandioca. Este trabalho, a pleno sol de verão, e debaixo de ribanceiras aonde não chega um sopro de ar, é feito nas primeiras horas da manhã e nas últimas da tarde. Das onze até as duas, a paisagem se calcina solitária em um vapor de fogo.

Eram estas as horas que Tirafogo escolhia para carpir descalço a mandioca. Tirava a camisa, arregaçava a calça acima do joelho e, sem mais proteção que a de seu chapéu orlado entre tecido e tiras de palha, curvava-se para carpir conscienciosamente a mandioca, com as costas deslumbrantes de suor e reflexos.

Quando os peões retornavam ao trabalho com o ar já respirável, Tirafogo havia terminado o seu. Recolhia a enxada, tirava uma palha do chapéu e saía fumando satisfeito.

— Eu gosto — dizia —, de poner os yuyos pes arriba ao sol!

Na época em que lá cheguei, costumávamos encontrar um negro bem velho e magricela, que caminhava com dificuldade e cumprimentava sempre com um trêmulo "Bon día, patrôn", tirando humildemente o chapéu para qualquer um.

Era Joao Pedro.

Ele vivia em um rancho, o menor e o mais lamentável que se pode ver no gênero, mesmo em um país de madeireiras, à beira de um tereninho alagadiço de propriedade alheia. Todas as primaveras plantava um pouco de arroz — que todos os verões perdia — e as quatro mandiocas indispensáveis para sobreviver, cujo cuidado lhe tomava todo o ano, arrastando as pernas.

Suas forças já não davam para mais nada.

Ao mesmo tempo, Tirafogo não carpia mais para os vizinhos. Aceitava ainda algum trabalho com couro que demorava meses para entregar, e não se orgulhava já de ser antigo em um país totalmente transformado.

Com efeito, os costumes, a população e o próprio aspecto do país, diferiam, como a realidade de um sonho, dos primeiros tempos virgens, quando não havia limite para toda a extensão dos roçados, e estes se efetuavam entre todos e para todos, pelo sistema de cooperativa. Ninguém conhecia então a moeda, nem o Código Rural, nem as porteiras com cadeado, nem os *breeches*. Desde o Pequirí até o Paraná, tudo era Brasil e língua materna — até com os francêis de Posadas.

Agora o país era diferente, novo, estranho e difícil. E eles, Tirafogo e Joao Pedro, estavam já velhos demais para se reconhecerem nele.

O primeiro já havia chegado aos oitenta anos, e Joao Pedro ultrapassava essa idade.

O esfriamento de um, a quem o primeiro dia nublado condenava a esquentar os joelhos e as mãos junto do fogo, e as articulações endurecidas do outro, fizeram com que eles finalmente se lembrassem, naquele meio hostil, do doce calor da mãe pátria.

— É — dizia Joao Pedro a seu compatriota, enquanto ambos se protegiam da fumaça com a mão. — Estemos lejos de nossa terra, seu Tirá... E um dia temos de morrer.

— É — concordava Tirafogo, movendo por sua vez a cabeça. — Temos de morrer, seu Joao... E longe da terra...

Visitavam-se agora com frequência, e tomavam mate em silêncio, emudecidos por aquela tardia sede da pátria. Alguma lembrança, normalmente corriqueira, subia às vezes aos lábios de algum deles, suscitada pelo calor do lar.

— Havíamos na casa dois vacas... — dizia um deles bem lentamente. — E eu brinquê mesmo com os cachorros de papae...

— Pois nao, seu Joao... — concordava o outro, mantendo fixos no fogo seus olhos, nos quais sorria uma ternura quase infantil.

— E eu me lembro de todo... e de mamae... A mamae moça...

As tarde passavam deste modo, perdidos ambos de saudade na resplandecente Misiones.

Para maior descaminho, iniciava-se naqueles dias o movimento operário, em uma região que não conserva do passado jesuítico senão dois dogmas: a escravidão do trabalho, para o nativo, e a inviolabilidade do patrão. Viram-se greves de peões que esperavam Boycott, como um personagem de Posadas, e manifestações encabeçadas por um dono de mercadinho a cavalo que levava a bandeira vermelha, enquanto os peões analfabetos cantavam se espremendo em torno de um deles, para poder ler a Internacional que ele mantinha no alto. Viram-se detenções sem que a cachaça fosse o motivo — e viu-se até a morte de um *sahib*.

Joao Pedro, vizinho do povoado, compreendeu de tudo isto menos ainda que o dono da venda com o trapo vermelho e, resfriado pelo outono já avançado, encaminhou-se para a costa do Paraná.

Também Tirafogo havia sacudido a cabeça diante dos novos acontecimentos. E sob sua influência, e do vento frio que espantava a fumaça, os dois proscritos sentiram finalmente concretizarem-se as lembranças natais que acudiam a suas mentes com a facilidade e a transparência das de uma criança.

Sim; a pátria distante, esquecida durante oitenta anos. E que nunca, nunca...

— Seu Tirá! — disse de repente Joao Pedro, com lágrimas fluidíssimas ao longo de seu velho rosto. — Eu nao quero morrer sin ver a minha terra!... É muito longe o que eu tengo vivido...

Ao que Tirafogo respondeu:

— Agora mesmo eu tenía pensado proponer a você... Agora mesmo, seu Joao Pedro... eu vía na ceniza a casinha... O pinto bataraz de que eu só cuidei...

E com um choro, tão ralo como as lágrimas do seu compatriota, balbuciou:

— Eu quero ir lá!... A nossa terra é lá, seu Joao Pedro!... A mamae do velho Tirafogo...

A viagem, deste modo, ficou decidida. E não houve em cruzado algum maior fé e entusiasmo do que os daqueles dois desterrados quase caducos, em viagem rumo a sua terra natal.

Os preparativos foram breves, pois breve era o que deixavam e o que podiam levar consigo. Plano, na verdade, não possuíam nenhum, além do marchar perseverante, cego e ao mesmo tempo luminoso, como dos sonâmbulos, e que os aproximava dia a dia da ansiada pátria. As lembranças da idade infantil subiam a suas mentes com a exclusão da gravidade do momento. E caminhando, e sobretudo quando acampavam de noite, um e outro partiam em detalhes da memória que pareciam doces novidades, a julgar pelo tremor da voz.

— Eu nunca dije para você, seu Tirá... O meu irmao más piqueno estuvo uma vez muito doente!

Ou se não, junto do fogo, com um sorriso que havia acudido aos lábios já há um longo instante:

— O mate de papae cayôse uma vez de mim... E batiôme, seu Joao!

Iam assim, riquíssimos de ternura e cansaço, pois a serra central de Misiones não é propícia ao passo de dois velhos desterrados. Seu instinto e conhecimento do bosque proporcionavam-lhes o sustento e o rumo pelos caminhos menos escarpados.

Logo, entretanto, tiveram que entrar na mata fechada, pois havia começado um desses períodos de grandes chuvas que inundam a selva de vapores entre um e outro aguaceiro, e transformam as picadas em barulhentas corredeiras de água vermelha.

Mesmo que sob a mata virgem, e por violentos que sejam os dilúvios, a água não corre nunca sobre a camada de húmus, mas a miséria e a umidade ambiente tampouco favorecem o bem-estar dos que avançam por ele. Chegou, pois uma manhã em que os dois velhos proscritos, abatidos pelo cansaço e pela febre, não conseguiram sustentar-se em pé.

Do cume onde se encontravam, e ao primeiro raio de sol que rompia tardíssimo a névoa, Tirafogo, com um resto mais de vida que seu companheiro, ergueu os olhos, reconhecendo os pinheiros nativos. Lá ao longe viu num vale, por entre os altos pinheiros, um velho roçado cujo doce verde enchia-se de luz entre as sombrias araucárias.

— Seu Joao! murmurou, sustentando-se apenas sobre os punhos. — É a terra o que você pode ver lá! Temos chegado, seu Joao Pedro.

Ao ouvir isso, Joao Pedro abriu os olhos, firmando-os imóveis no vazio, por um longo instante.

— Eu cheguei ya, meu compatrício... — disse.

Tirafogo não apartava a vista do roçado.

— Eu vi a terra... E lá... murmurava.

— Eu cheguei — respondeu ainda o moribun-do. —Você viu a terra... E eu estô lá.

— O que é... seu Joao Pedro — disse Tirafogo –, o que é, é que você está de morrer... Você nao chegou!

Joao Pedro não respondeu desta vez. Já tinha chegado.

Durante longo tempo Tirafogo ficou estendido de cara contra o chão molhado, movendo de quando em quando os lábios. Finalmente, abriu os olhos, e suas feições se engrandeceram de repente em uma expressão de infantil alvoroço:

— Ya cheguei, mamae!... O Joao Pedro tinha razón... Vou con ele!...

Van-Houten

Eu o encontrei numa tarde escaldante a cem metros de seu rancho, calafetando uma piroga que acabava de terminar.

— Está vendo? — falou para mim, passando o antebraço molhado pelo rosto ainda mais molhado. — Eu fiz a canoa. Timbaúva estacionada, e carrega até cem arrobas. Não é como essa sua, que mal aguenta com você. Agora eu quero é me divertir.

— Quando Seu Luis quer se divertir — apoiou Paolo, trocando a picareta pela pá —, é melhor deixar. O trabalho então fica para mim; mas eu trabalho por um fixo, e me arrumo sozinho.

E continuou revolvendo com a pá o cascalho da pedreira, nu da cintura para cima, como seu sócio Van-Houten.

Ele tinha como sócio o Paolo, um sujeito de ombros e braços de gorila, cuja única preocupação havia sido e ainda era não trabalhar nunca a mando de ninguém, e sequer por dia. Recebia tanto por metro ardósia entregue, e aí se encerravam seus deveres e privilégios. Jactava-se sempre disso, a ponto de parecer haver ajustado a norma moral de sua vida a esta independência de seu trabalho. Tinha por hábito particular, quando voltava aos sábados à noite da cidade, sozinho e a pé como sempre, fazer suas contas em voz alta pelo caminho.

Van-Houten, seu sócio, era belga, flamengo de origem, e às vezes era chamado de O-que-sobrou-de-Van-Houten, em razão de faltar-lhe um olho, uma orelha e três dedos da mão direita.

Tinha toda a concavidade de seu olho vazado queimada em azul pela pólvora. No mais, era um homem baixo e robusto, de barba vermelha e hirsuta. O cabelo, de fogo também, caía-lhe sobre a curta fronte em mechas constantemente suadas. Cedia de ombro a ombro ao caminhar, e era sobretudo muito feio, à Verlaine, de quem quase compartilhava a pátria, pois Van-Houten havia nascido em Charleroi.

Sua origem flamenga revelava-se em sua fleuma para suportar adversidades. Dava de ombros e cuspia, por qualquer comentário. Era por isso mesmo o homem mais desinteressado do mundo, não se preocupando em absoluto que lhe devolvessem um dinheiro emprestado, ou que uma súbita cheia do rio Paraná tomasse dele suas poucas vacas. Cuspia, e era tudo. Tinha só um amigo íntimo, com quem era visto apenas aos sábados à noite, quando partiam juntos a cavalo para a cidade. Durante vinte e quatro horas seguidas, percorriam todos os botecos, bêbados e inseparáveis. No domingo à noite, seus respectivos cavalos os levavam pela força do hábito para suas casas — e ali terminava a amizade dos sócios. No resto da semana não se viam nunca.

Eu sempre havia tido a curiosidade de conhecer por uma fonte testemunhal o que havia acontecido com o olho e com os dedos de Van-Houten. Essa tarde, levando-o insidiosamente a seu terreno de perguntas sobre barreiros, pedreiras e dinamites, consegui o que queria, e é tal como direi:

"A culpa de tudo foi de um brasileiro que me botou a cabeça a perder com a pólvora dele. O meu irmão não acreditava nessa pólvora, mas eu sim; o que me custou um olho. Eu não acreditava que fosse me custar nada, porque já tinha escapado vivo duas vezes.

A primeira foi em Posadas. Eu tinha acabado de chegar, e meu irmão já estava por lá há cinco anos. Tínhamos um companheiro, um milanês fumador, com um gorro e uma bengala que não abandonava nunca. Quando descia para trabalhar, metia a bengala dentro da bolsa. Quando não estava bêbado era um homem duro para o trabalho.

Fomos contratados para cavar um poço, não a tanto por metro com se faz agora, mas pelo poço completo, até dar água. Tínhamos que cavar até encontrar água.

Nós fomos os primeiros a usar dinamite no trabalho. Em Posadas só tem pedra-ferro; cave você onde cavar, vai aparecer depois de um metro a pedra-ferro. Aqui também tem bastante, depois das ruínas. É dura feito ferro mesmo, e faz a picareta ricochetear até a fuça do sujeito.

O poço já tinha oito metros de fundura quando, num fim de tarde, o meu irmão, depois de colocar uma mina no fundo, acendeu a mecha e saiu do poço. Meu irmão tinha trabalhado sozinho nessa tarde, porque o milanês andava bêbado passeando com seu gorro e sua bengala, e eu estava de cama com maleita.

Quando o sol se pôs fui ver o trabalho, morto de frio, e nesse momento meu irmão começou a gritar com o milanês que tinha subido no muro e estava se cortando com os vidros. Quando cheguei perto do poço escorreguei no monte de entulho, e só tive tempo de me equilibrar na boca do buraco; mas o sapato de couro que eu estava calçando, sem meia e sem cadarço, escapou do meu pé e caiu lá dentro. Meu irmão não me viu, e eu desci para buscar o sapato. Você sabe como é que se desce, né? Com as pernas abertas nas paredes do poço, e as mãos para sustentar. Se estivesse mais claro, eu teria visto o buraco da mina e a poeira de pedra do lado. Mas não dava para ver nada, só um círculo claro lá em cima, e mais para baixo umas réstias de luz na ponta das pedras. Você encontra de tudo no fundo de um poço, grilos que caem lá de cima, e o quanto quiser de umidade; mas ar para respirar, isso você não vai encontrar nunca.

Bom, se eu não tivesse com o nariz tampado pela febre, eu teria logo sentido o cheiro do pavio. E quando já estava bem embaixo é que eu senti bem, o cheiro podre da pólvora, senti bem clarinho que no meio das minhas pernas estava uma mina carregada e acesa.

Lá em cima apareceu a cabeça do meu irmão, gritando para mim. E quanto mais ele gritava, mais diminuía a cabeça dele e o poço se alongava e se alongava até ser um pontinho no céu — porque eu tinha maleita e estava com febre.

A qualquer momento a dinamite ia explodir, e em cima da dinamite estava eu, grudado na pedra, para voar em pedaços até a boca do poço. Meu irmão gritava cada vez mais forte, até parecer uma mulher. Mas eu não tinha forças para subir ligeiro, e me larguei no chão, como uma picareta. Meu irmão entendeu o que estava acontecendo, porque parou de gritar.

Bom, os cinco segundos que eu esperei a mina explodir de uma vez, pareceram uns cinco ou seis anos, com meses, semanas dias, e minutos, tudo seguidinho, um por um.

Medo! O que é isso? Eu já tinha muito que fazer seguindo com a ideia o pavio que estava chegando ao final... Medo, não. Era questão de esperar, só isso; esperar a cada instante: agora... agora... Isso já dava para me distrair.

Finalmente a mina explodiu. A dinamite trabalha para baixo; até peão sabe disso. Mas a pedra que explode pula para cima, e eu, depois de voar contra a parede e cair de cara, com um apito de locomotiva em cada ouvido, senti as pedras que tornavam a cair no fundo. Só uma meio grande me acertou — aqui na batata da perna, coisa pouca. Além disso, o tremores laterais, os gases podres da mina e, mais que tudo, a cabeça inchada de repiques e assovios, não me deixaram sentir direito as pedradas. Eu nunca vi milagre, e menos ainda do lado de uma mina de dinamite.

Mesmo assim, saí vivo. Meu irmão desceu em seguida, consegui subir com as pernas frouxas, e fomos em seguida beber dois dias sem parar.

Esta foi a primeira vez que eu escapei. A segunda foi num poço também, onde eu fui contratado sozinho. Eu estava no fundo, limpando os escombros de uma mina que tinha explodido na tarde anterior. Lá em cima, meu ajudante subia e deitava fora o cascalho. Era um bugre paraguaio, magro e amarelo como um esqueleto, que tinha o branco dos olhos quase azul, e que mal abria a boca. A cada três dias tinha maleita.

No final da limpeza, prendi com a corda por cima do balde a pá e a picareta, e o moleque içou as ferramentas que, como acabei de lhe dizer, estavam 'passadas' por um nó falso. Sempre se faz assim, e não tem perigo de escapar, desde que quem puxa não seja um bugre como o meu peão.

O caso é que quando o balde chegou lá em cima, em vez de pegar na corda por cima das ferramentas para trazê-las para fora, o infeliz pegou o balde. O nó se afrouxou, e o moleque só teve tempo de pegar a pá.

Bom... note com a orelha o tamanho do poço; ele tinha naquele momento quatorze metros de fundura, e só um metro ou um metro de vinte de largura. A pedra-ferro não é de brincadeira para se perder tempo fazendo degraus e, além do mais, quanto mais estreito o poço, mais fácil é para subir e descer pelas paredes.

O poço, então, era como um cano de espingarda; e eu estava lá embaixo em uma ponta olhando para cima, quando vi a picareta vindo pela outra.

Bah...! Uma vez o milanês pisou em falso e me mandou lá embaixo uma pedra de vinte quilos. Mas o poço era raso ainda, e eu vi a pedra desabando. A picareta eu vi também, mas vinha dando voltas, quicando de parede em parede, e era mais fácil eu me considerar um defunto com doze polegadas de ferro dentro da cabeça do que adivinhar onde é que ela ia cair.

Primeiro eu comecei a me esquivar, com a boca aberta fixa na picareta. Depois logo vi que era inútil, e me encostei então na parede, feito um morto, bem quieto e estirado como se eu já tivesse morrido, enquanto a picareta vinha como uma louca, ricocheteando, e as pedras caíam feito chuva.

Bom... ela bateu pela última vez a uma polegada da minha cabeça e saltou de lado contra a outra parede; e ali caiu, no chão. Então eu subi, sem raiva do bugre que, mais amarelo do que nunca, tinha ido ao fundo com a barriga na mão. Eu não estava irritado com o bugre, porque já me considerava bem feliz por sair vivo do poço como uma minhoca, com a cabeça cheia de terra. Nessa tarde e na manhã seguinte não trabalhei, porque a gente se embebedou com o milanês.

Esta foi a segunda vez que eu escapei da morte, e as duas dentro de um poço. A terceira vez foi ao ar livre, em uma pedreira de ardósia feito esta, e fazia um sol de rachar a moleira.

Desta vez não tive tanta sorte... Bah... Sou duro! O brasileiro — eu já disse que a culpa foi dele — não tinha nunca experimentado da sua própria pólvora. Isso eu vi só depois da experiência. Mas falava que dava medo, e no armazém me contava as histórias dele sem parar, enquanto eu experimentava uma cachaça nova. Ele nunca bebia. Sabia muito de química, e uma porção de coisas; mas era um charlatão que se embriagava de conhecimentos. Ele mesmo tinha inventado esta pólvora nova – que ele chamava com o nome de uma letra — e acabou me deixando tonto com aqueles discursos.

Meu irmão me disse: "Tudo isso é conversa. O que ele vai fazer é tirar dinheiro de você". Respondi: "Dinheiro meu ele não vai levar nenhum". "Então" — meu irmão falou — "os dois vão voar pelos ares se resolverem usar esta pólvora".

Falou assim porque acreditava nisso de pés juntos, e ainda falou mais uma vez, enquanto via a gente carregando a mina.

É como eu lhe disse, fazia um sol dos infernos, e a pedreira queimava os pés da gente. Meu irmão e outros curiosos se meteram debaixo de uma árvore, esperando a coisa acontecer; mas o brasileiro e eu não ligávamos para isso, porque estávamos bem convencidos do nosso negócio. Quando terminamos a mina, comecei a atacá-la. O senhor sabe que aqui usamos para isso a terra dos cupinzeiros, que é bem seca. Comecei então, de joelhos a dar pancadas, enquanto o brasileiro, parado do meu lado, secava o suor, e os outros esperavam.

Bom... no terceiro ou quarto golpe senti o tranco da mina que estourava, e não senti mais nada, porque caí a dois metros, desmaiado.

Quando voltei a mim, não conseguia nem mexer um dedo, mas ainda escutava direito. E pelo que diziam, percebi que eu ainda estava do lado da mina, e que minha cara era só sangue e carne disforme. E teve um que disse: "Esse aí já foi para o outro lado".

Bah... Sou duro! Fiquei dois meses entre perder ou não um olho, e no final acabaram me arrancando o danado. Fiquei bem, o senhor vê. Nunca mais voltei a ver o brasileiro, porque ele cruzou o rio na mesma noite; sem levar nenhuma ferida. Ficou tudo para mim, e ele era quem tinha inventado a pólvora.

— O senhor veja — concluiu, levantando-se e enxugando o suor. — Não é assim que vão acabar com o Van-Houten. Mas, bah!... (sacudindo os ombros pela última vez). De todo jeito, pouco se perde se o cristão vai para a cova...

E cuspiu.

***

Em uma sombria noite de outono descia eu na minha canoa sobre um rio Paraná tão exausto, que na própria correnteza a água límpida e sem forças parecia detida a depurar-se ainda mais. As costas se internavam no leito do rio o quanto este perdia daquele, e o litoral, costumeiramente de árvores refrescando-se nas águas, era formado agora por duas largas e paralelas praias de argila rodada e pantanosa. Os baixios das restingas, delatados pela cor turva da água, manchavam o rio Paraná com longos cones de sombra, cujos vértices penetravam agudamente na correnteza. Bancos de areia e negras ilhotas de basalto tinham surgido onde um mês antes as quilhas cortavam sem risco as águas profundas. As chalanas e piráguas que remontavam o rio fielmente próximas à costa, raspavam com os remos no fundo pedregoso das restingas, um quilômetro rio adentro.

Para uma canoa os escolhos descobertos não oferecem perigo algum, mesmo durante a noite. Podem oferecer perigo, entretanto, os baixios ocultos na própria correnteza, porque eles são comumente a ponta de cerros escarpados, ao redor dos quais a profunda cima de água não dá fundo a 70 metros. Se a canoa encalhar em um destes topos submersos, não há modo de retirá-la dali; girará por horas sobre a popa, a proa ou, mais habitualmente, sobre seu próprio centro.

Pela extrema leveza da minha canoa, eu não estava tão sujeito a este percalço. Tranquilo, então, descia pelas águas negras, quando um inusitado piscar de lampiões, na praia de Itahú, chamou minha atenção.

A tal hora de uma noite tão sombria, no Alto Paraná, seu bosque e seu rio são uma só mancha de tinta onde nada se vê. O remador se orienta pela força da correnteza nos remos; pela maior densidade da escuridão ao achegar-se à costa; pela mudança de temperatura do ambiente; pelos rodamoinhos e remansos; por uma série, enfim, de indícios quase indefiníveis.

Aportei, consequentemente, na praia de Itahú, e guiado ao rancho de Van-Houten pelos lampiões que conduziam até lá, e vi o próprio, estendido de costas sobre o catre com o olho mais aberto e vidrado do que seria de se esperar.

Estava morto. Suas calças e sua camisa pingando ainda, e o inchaço de seu ventre, denunciavam bem às claras a causa de sua morte.

Pietro fazia as honras do acidente, relatando-o a todos os vizinhos, conforme iam entrando. Não variava as expressões nem os gestos do caso, voltado sempre ao defunto, como se o tomasse por testemunha.

— Ah, o senhor viu — dirigiu-se a mim ao ver-me entrar. – O que foi que eu sempre falei para ele? Que ele ia se afogar com aquela canoa dele. Pois então, aí está, duro. Desde hoje cedo estava duro, e ainda queria levar uma garrafa de cachaça. Eu disse a ele:

— Para mim, Seu Luis, se o senhor levar a cachaça, vai fundear de cabeça no rio.

Ele me respondeu:

— Fundear, isso ninguém até hoje viu Van-Houten fazer... E se eu fundear, bah... dá na mesma.

E cuspiu. O senhor sabe que ele sempre falava assim, e foi para a praia. Mas eu não tinha nada a ver com ele, porque eu trabalho por um fixo. Então falei para ele:

— Até amanhã, então, e deixe a cachaça aqui.

— Mas deixar a cachaça eu não deixo não.

E subiu cambaleando na canoa.

— Agora está aí, mais duro do que hoje cedo. Romualdo, o vesgo, e Josesinho trouxeram Van-Houten há pouco e o deixaram na praia, mais inchado do que um barril. Eles o encontraram na pedra em frente ao Porto Chuño. Lá estava a pirágua encalhada na ilhota, e pescaram Seu Luis com a linha a dez braças de profundidade.

— Mas e o acidente — interrompi —, como foi?

— Eu não vi nada. Josesinho também não, mas ouviu Seu Luis, porque ele estava passando com o Romualdo para colocar o espinhel do outro lado. Seu Luis gritava-cantava e fazia força ao mesmo tempo, e Josesinho percebeu que ele tinha encalhado, e gritou para ele não remar de popa, porque quando ele livrasse a canoa, ia cair de costas na água. Depois Josesinho e Romualdo ouviram a canoa tombando no rio, e ouviram que Seu Luis falava como se estivesse engolindo água.

— Veja o que é engolir água... Veja, o cinto dele está na virilha, e isso porque agora ele já está vazio. Mas deitamos ele na praia, soltava água feito um jacaré. Eu pisava na barriga dele, e a cada pisada soltava um jato de água pela boca.

Homem forte para a pedra e duro para morrer na mina, isso ele era. Bebia muito, é verdade, isso eu posso dizer. Mas nunca disse nada a ele, porque o senhor sabe que eu trabalhava para ele por um fixo...

Continuei minha viagem. Do rio em meio às trevas, pude ver ainda brilhando por muito tempo a janela iluminada, tão baixa que parecia piscar logo acima da água. Depois a distância apagou-a. Mas custou um tempo até que eu deixasse de ver Van-Houten estendido na praia, transformado em bomba d'água, sob o pé do sócio que pisava em seu ventre.

Taquara-Mansão

Em frente ao rancho de Seu Juan Brown, em Misiones, ergue-se uma árvore de grande diâmetro e galhos retorcidos, que presta à construção frondosíssimo amparo. Debaixo desta árvore morreu, enquanto esperava o amanhecer para ir para casa, Santiago Rivet, em circunstâncias singulares o bastante para merecem ser contadas.

Misiones, localizada à margem de uma mata que lá começa para terminar no Amazonas, acolhe uma série de tipos à qual poderia logicamente ser imputada qualquer coisa, menos o ser tediosa. A vida mais desprovida de interesse ao norte de Posadas encerra duas ou três epopeias de trabalho ou de caráter, quando não de sangue. Pois logo se entenderá que não se trata de tímidos gatinhos de civilização os tipos que no primeiro mergulho ou no refluxo final de suas vidas acabaram encalhando lá.

Sem alcançar os contornos coloridos de um João Pedro, por serem outros os tempos e outra a personalidade do personagem, Seu Juan Brown, merece menção especial entre os tipos daquele ambiente.

Brown era argentino e totalmente nativo, a despeito de possuir grande reserva britânica. Havia cursado em La Plata dois ou três brilhantes anos de engenharia. Um dia, em que saibamos o porquê, abandonou seus estudos e derivou até Misiones. Creio tê-lo ouvido dizer que havia ido a Ivraromí por um par de horas, para ver as ruínas. Mandou mais tarde que fossem buscar suas malas em Posadas para que pudesse ficar mais dois dias, e lá eu o encontrei quinze anos depois, sem que em todo esse tempo houvesse abandonado por uma só hora o lugar. Não lhe interessava especialmente o país; permanecia, simplesmente, por não valer a pena — sem dúvida — fazer outra coisa.

Era um homem jovem ainda, gordo, e mais que gordo muito alto, pois pesava cem quilos. Quando galopava — excepcionalmente — contava-se que era possível ver o cavalo envergar-se pela espinha, e Seu Juan sustentá-lo com os pés na terra.

Em relação a seu grave aspecto, Seu Juan era pouco amigo das palavras. Seu rosto largo e rapado sob um longo cabelo para trás, recordava bastante o de um tribuno de 1893. Respirava com certa dificuldade, por causa de sua corpulência. Jantava sempre às quatro da tarde e, ao anoitecer, chegava infalivelmente ao bar, fizesse o tempo que fizesse, ao trote de seu heroico cavalinho, para apenas retirar-se também infalivelmente depois de todos. Era chamado simplesmente de "Seu João" e e inspirava tanto respeito quanto a sua personalidade. Eis aqui duas mostras deste caráter singular.

Certa noite, jogando truco com o juiz de Paz de então, o juiz viu-se em maus lençóis e tentou um truque. Seu Juan olhou seu adversário sem dizer uma só palavra e continuou jogando. Incansável o mestiço, e como a sorte continuasse favorecendo Seu Juan, tentou novo truque. Juan Brown deu uma olhada nas cartas, e disse tranquilo ao juiz:

— Você trapaceou de novo; dê as cartas outra vez.

Desculpas efusivas do mestiço e nova reincidência. Com a mesma calma, Seu Juan advertiu-o:

— Você voltou a trapacear; dê as cartas mais uma vez.

Certa noite, durante uma partida de xadrez, o revólver de Seu Juan caiu e disparou um tiro. Brown apanhou o revólver sem dizer uma palavra e continuou jogando, ante os ruidosos comentários dos convivas, cada um dos quais, pelo menos, acreditava haver recebido o tiro. Só ao final se soube que quem havia recebido um tiro em uma perna era o próprio Seu Juan.

Brown vivia sozinho na Taquara-Mansão (assim chamada porque estava realmente construída com taquaras e por outro malicioso motivo). Servia-lhe de cozinheiro um húngaro de olhar duro e aberto, e que parecia atirar as palavras em explosões através dos dentes. Ele tinha adoração por Seu Juan, o qual, por sua vez, mal lhe dirigia a palavra.

Final deste perfil: muitos anos depois quando em Iviraromí houve um piano, só então se soube que Seu Juan era exímio pianista.

***

A maior particularidade de Seu Juan Brown, entretanto, eram as relações que cultivava com monsieur Rivet, oficialmente chamado de Santiago-Guido-Lu-ciano-Maria-Rivet.

Este era um perfeito farrapo humano, jogado em Iviraromí pela última maré de sua vida. Chegado ao país vinte anos antes, e com brilhante atuação logo na direção técnica de uma destilaria em Tucumán, reduziu pouco a pouco o limite de suas atividades intelectuais, até encalhar por fim em Iviraromí, na qualidade de despojo humano.

Nada sabemos de sua chegada. Num entardecer, sentados à porta do bar, nós o vimos desembocar da mata das ruínas em companhia de Luisser, um mecânico aleijado, tão pobre quanto alegre, e que dizia que nada lhe faltava, apesar de lhe faltar um braço.

Nesses momentos, o sujeito otimista ocupava-se da destilação de folhas de laranjeira, no alambique mais original que se possa conceber. Já retornaremos sobre esta sua fase. Mas naqueles instantes de febre destiladora a chegada de um químico industrial do porte de Rivet foi uma chicotada de excitação para as fantasias do pobre aleijado. Ele nos informou sobre a personalidade de monsieur Rivet, apresentando-o em um sábado à noite no bar, que desde então passou a honrar com sua presença.

Monsieur Rivet era um homenzinho diminuto, muito magro, e que aos domingos repartia os cabelos em duas sebosas ondas para ambos os lados da cabeça. Entre suas barbas, sempre por fazer mas nunca muito longas, projetavam-se constantemente para frente seus lábios, em um profundo desprezo por todos, e em particular pelos *doutores* de Ivíraromí.

— Tzch!... Doutorzinhos... Não sabem de coisa nenhuma... Tzch!... Porcaria...

Sob todos ou quase todos os pontos de vista, nosso homem era o pólo oposto do impassível Juan Brown. E nada dizemos da corpulência de ambos, porquanto nunca chegou a ver-se em boteco algum do Alto Paraná, ser de ombros mais estreitos e magreza mais raquítica que a de missiê Rivet. Mesmo que só tenhamos notado isso, na noite do domingo em que o químico fez sua entrada no bar vestido com um resplandecente terninho negro de adolescente, estreito — até para ele mesmo — nas costas e nas pernas. Mas Rivet parecia orgulhoso do terno, e somente o vestia aos sábados e domingos à noite.

***

O bar ao qual fizemos referência era um pequeno hotel para acolhimento dos turistas que chegavam no inverno a Iviraromí para visitar as famosas ruínas jesuíticas, e que depois de almoçarem, seguiam viagem até o Iguazú, ou regressavam a Posadas. No resto do tempo, o bar nos pertencia. Servia de infalível ponto de reunião para os povoadores de Iviraromí com alguma cultura: dezessete no total. E era uma das maiores curiosidades naquela amálgama de fronteiriços da mata, o fato de que os dezessete jogassem xadrez, e bem. De modo que a tertúlia desenvolvia-se, às vezes em silêncio, entre as costas curvadas sobre cinco ou seis tabuleiros, entre sujeitos cuja metade dos quais não podia terminar a própria assinatura sem secar duas ou três vezes a mão.

À meia noite o bar ficava deserto, salvo nas ocasiões em que Seu Juan havia passado toda a manhã e toda a tarde apoiado no balcão de todos os botecos de Iviraromí. Seu Juan ficava então imperturbável. Noites ruins estas para o barman, pois Brown possuía a mais sólida cabeça do país. Encostado no depósito de bebidas, via passarem-se as horas uma após a outra, sem se mover ou ouvir o barman, que para advertir Seu Juan saía a cada instante e prognosticava chuva.

Como monsieur Rivet demonstrava por sua vez uma grande resistência, logo chegaram o ex-engenheiro e o ex-químico a encontrar-se em frequentes *vis-à-vis*. Não se pense porém que esta comum finalidade e fim de vida houvessem produzido o menor indício de amizade entre eles. Seu Juan, depois de um *boa-noite*, mais sugerido que dito, não voltava a se lembrar de jeito algum de seu companheiro. Mr. Rivet, por sua vez, não diminuía em honra de Juan Brown o desprezo que lhe inspiravam os doutores de Iviraromí, entre os quais contava naturalmente Seu Juan. Passavam a noite juntos e solitários, e às vezes prosseguiam a manhã inteira no primeiro boteco aberto, mas sem sequer se olharem.

Estes encontros originais tornaram-se mais frequentes no meio do inverno em que o sócio de Rivet empreendeu a fabricação de álcool de laranja, sob a direção do químico. Terminada esta empreitada com a catástrofe de que damos conta em outro relato, Rivet compareceu todas as noites ao bar, com seu esbeltíssimo terno negro. E como Seu Juan estava passando nesses momentos por uma de suas piores crises, tiveram ambos ocasião de celebrar *vis-à-vis* fantásticos, até chegar ao último, que foi o decisivo.

***

Pelas razões anteriormente ditas e o manifesto lucro que o dono do bar obtinha com elas, este passava as noites em claro, sem outra ocupação que encher os copos dos sócios, e encher de novo a lamparina com álcool. Frio, como se é de supor nessas duras noites de junho. Por isso o dono do bar rendeu-se uma noite, e depois de confiar à honradez de Brown o resto do garrafão de cachaça, foi embora dormir. É demasiado dizer que Brown era unicamente quem respondia por estes gastos na dupla.

Seu Juan, pois, e monsieur Rivet ficaram sozinhos às duas da manhã, o primeiro em seu lugar habitual, *duro* e impassível como sempre, e o químico passeando agitado com o rosto suado, enquanto fora caía uma cortante geada.

Durante uma hora não houve novidade alguma; mas ao soarem as três, o garrafão esvaziou-se. Ambos se deram conta, e, por um longo momento, os olhos arregalados e mortiços de Seu Juan fixaram-se no vazio diante dele. Por fim, voltando-se um pouco, deu uma ligeira olhada para a garrafa esvaziada, e, logo depois, recuperou a pose. Outro longo momento transcorreu e de novo voltou a observar o vasilhame. Pegando-o finalmente, manteve-o de cabeça para baixo sobre o zinco; nada: nem uma gota.

Uma crise de dipsomania pode advir do que se quiser, menos da brusca supressão da droga. De vez em quando, e às portas do bar, rompia o canto estridente de um galo, que fazia Juan Brown bufar e Rivet perder o compasso de seu caminhar. No final, o galo desatou a língua do químico em impropérios pastosos contra os doutorzinhos. Seu Juan não prestava à falação convulsiva do companheiro a menor atenção; mas diante do constante: "Porcaria... não sabem nada..." do ex-químico, Juan Brown voltou a ele seus pesados olhos e disse:

— E você, o que é que você sabe?

Rivet, trotando e salivando, lançou-se então em insultos da mesma categoria contra Seu Juan, que o seguia obstinadamente com os olhos. Ao final bufou, apartando de novo a vista:

— Francês do diabo...

A situação, entretanto, tornava-se intolerável. O olhar de Seu Juan, fixo desde um instante na lamparina, caiu por fim de esguelha no sócio:

— E você que sabe de tudo, industrial? Dá para tomar álcool carburado?

Álcool! A mera palavra sufocou, como um sopro de fogo, a irritação de Rivet. Resmungou, contemplando o lampião:

— Carburado?... Tzsh!... Porcaria... Benzinas... Piridinas... Tzch! Dá para tomar sim.

Foi o suficiente. Os sócios acenderam uma vela, verteram no garrafão de pinga o álcool com o funil pestilento e ambos voltaram à vida.

O álcool carburado não é uma bebida para seres humanos. Quando esvaziaram o garrafão até a última gota, Seu Juan perdeu pela primeira vez na vida sua impassível linha, e caiu, desabando como um elefante na cadeira. Rivet suava até as mechas do cabelo, e não conseguia sair da mesa de sinuca.

— Vamos — disse a ele Seu Juan, arrastando consigo Rivet, que resistia. Brown conseguiu encilhar o cavalo, erguer o químico colocá-lo na garupa. Às três da manhã partiram do bar ao passo do cavalo de Brown que, sendo capaz de trotar com cem quilos no lombo, bem podia caminhar carregando cento e quarenta.

A noite, muito fria e clara, devia estar já coberta de neblina no vale das encostas. Com efeito, apenas à vista do vale do Yabebirí, puderam ver à bruma, que desde cedo repousava ao longo do rio, subir franjada em volutas lá do pé da serra. Mais ao fundo ainda, o bosque morno devia estar já branco de vapores.

Foi o que aconteceu. Os viajantes tropeçaram logo com a mata, quando deviam estar já na Taquara-Mansão. O cavalo, fadigado, resistia-se a abandonar o lugar. Seu Juan deu meia-volta, e um pouco depois tinham de novo a mata pela frente.

— Perdidos... — pensou Seu Juan, tiritando à revelia, pois mesmo quando a cerração impedia a geada, o frio não mordia menos. Tomou outro rumo, confiando desta vez no cavalo. Sob seu paletó de pele de carneiro, Brown sentia-se ensopado em suor de gelo. O químico, ainda mais lesionado, sacolejava de um lado para o outro, totalmente inconsciente.

A mata os deteve de novo. Seu Juan considerou então que havia feito todo o possível para chegar à sua casa. Ali mesmo amarrou o cavalo na primeira árvore, e, estendendo Rivet a seu lado, deitou-se ao pé da árvore. O químico, bem encolhido, tinha dobrado as pernas até o peito, e tremia sem trégua. Não ocupava mais espaço que uma criança — e uma criança magra. Seu Juan fitou-o um momento; encolhendo-se ligeiramente de ombros, afastou de si o mandil que havia jogado em cima de si, cobriu com ele Rivet, e, em seguida, deitou-se de costas sobre o pasto de gelo.

***

Quando voltou a si, o sol já ia bem alto. E, a dez metros deles, sua própria casa.

O que havia acontecido era bem simples: Em mo-mento algum haviam se perdido na noite anterior. O cavalo tinha parado na primeira vez — como em todas seguintes — diante da grande árvore da Taquara-Mansão, mas o álcool de lampião e a névoa haviam impedido que seu dono a visse. Os caminhos e descaminhos, aparentemente intermináveis, tinham consistido em simples voltas ao redor da árvore familiar.

De qualquer modo, acabavam de ser descobertos pelo húngaro de Seu Juan. Entre os dois, transportaram ao rancho monsieur Rivet, na mesma posição de menino com frio na qual ele havia morrido. Juan Brown, por sua vez, e apesar de todo o vinho quente, não conseguiu dormir por muito tempo, calculando obstinadamente, diante de sua parede de cedro, o número de tábuas necessárias para o caixão do sócio.

E na manhã seguinte, as vizinhas do pedregoso caminho do Yabebirí, ouviram ao longe e viram passar o carrinho saltador de rodas maciças, e seguido apressadamente pelo aleijado, que levava os restos do defunto químico.

***

Alquebrado apesar de sua enorme resistência, Seu Juan não abandonou por dez dias a Taquara-Mansão. Não faltou entretanto quem fosse se informar sobre o que havia acontecido, a pretexto de consolar Seu Juan e de cantar aleluias ao ilustre químico falecido.

Seu Juan deixou-o falar sem interrompê-lo. Final-mente, diante dos novos elogios ao intelectual desterrado no país selvagem que acabava de morrer, Seu Juan deu de ombros:

— Gringo de merda... — resmungou apartando a vista.

E essa foi toda a oração fúnebre de monsieur Rivet.

O homem morto

O homem e seu facão acabavam de carpir a quinta rua do bananal. Faltavam ainda duas ruas; mas como nelas havia muitas chircas e malvas silvestres, o trabalho que tinham pela frente era bem pouca coisa. O homem, em consequência disso, olhou satisfeito ao que já havia roçado, e cruzou a cerca para poder se deitar um pouco na relva.

Mas ao abaixar o arame farpado e passar o corpo, seu pé esquerdo escorregou em uma casca de árvore, solta do poste, no instante em que o facão lhe escapava da mão. Enquanto caía, o homem teve a sumamente longínqua impressão de não ver o facão caído na terra.

Já estava deitado na relva, apoiado sobre seu lado direito, tal qual queria. A boca que acabava de se abrir em toda sua extensão, acabava também de se fechar. Estava como havia desejado estar, os joelhos dobrados e a mão esquerda sobre o peito. Apesar de que detrás do antebraço, e imediatamente por debaixo do cinto, surgiam de sua camisa o cabo e a metade da lâmina do facão; mas o resto não se via.

O homem tentou mover a cabeça, em vão. Olhou de esguelha ao cabo do facão, ainda úmido do suor de sua mão. Apreciou mentalmente o tamanho, a trajetória do facão em seu ventre, e obteve, fria, matemática e inexorável, a certeza que de acabava de chegar ao término de sua existência.

A morte. No decorrer da vida pensa-se muitas vezes que um dia, depois de anos, meses, semanas e dias preparatórios, chegará nossa vez de cruzar o umbral da morte. É a lei fatal, aceita e prevista, tanto que costumamos deixar-nos levar prazerosamente pela imaginação até esse momento, supremo entre todos, no qual lançamos o último suspiro.

Mas entre o instante atual e esta derradeira expiração, quantos sonhos, transtornos, esperanças e dramas não prevemos em nossa vida! O que nos reserva ainda esta existência cheia de vigor, antes de sua eliminação do cenário humano! É este o consolo, o prazer e a razão de nossas divagações mortuárias: Tão longe está a morte, e tão imprevisível o que devemos viver ainda!

Ainda...? Não se passaram sequer dois segundos: o sol está exatamente à mesma altura; as sombras não avançaram um só milímetro. Bruscamente, acabam de resolver-se para o homem estendido as divagações a longo prazo: Ele está morrendo.

Morto. Pode considerar-se morto em sua cômoda posição.

Mas o homem abre os olhos e observa. Quanto tempo passou? Que cataclismo sobreveio ao mundo? Que transtorno da natureza revela o horrível acontecimento?

Vai morrer. Fria, fatal e inescapavelmente, vai morrer.

O homem resiste — é tão imprevisto este horror! E pensa: É um pesadelo; sim, é isso! O que haverá mudado? Nada. E observa: Por acaso, este bananal não é o seu bananal? Não vem toda manhã para carpi-lo? Quem é que o conhece como ele? Pode ver perfeitamente o bananal, tão ralo, e as largas folhas nuas ao sol. Estão ali, bem próximas, desfiadas pelo vento. Mas agora não se movem... É a calma da tarde; logo deve ser meio-dia.

Entre as bananeiras, lá no alto, o homem vê do duro chão o telhado vermelho de sua casa. À esquerda, divisa a mata e a capoeira de canelas. Não consegue ver mais nada, mas sabe muito bem que a suas costas está o caminho ao porto novo; e que na direção de sua cabeça, lá embaixo, jaz no fundo do vale o Rio Paraná, adormecido como um lago. Tudo, tudo exatamente como sempre; o sol abrasador, o ar vibrante e solitário, as bananeiras imóveis, a cerca de vigas muito grossas e altas que logo terá que trocar...

Morto! Mas será possível? Não é mais um dos tantos dias em que saiu de casa ao amanhecer com o facão na mão? Não está ali mesmo, a quatro metros dele, seu cavalo, seu malacara, farejando parcimoniosamente o arame farpado?

Mas sim! Alguém assovia... Não consegue ver, porque está de costas ao caminho; mas ouve ressoar na pequena ponte os passos do cavalo... É o garoto que passa todas as manhãs para o porto novo, às onze e meia. E sempre assoviando... Da viga descascada, que quase pode tocar com as botas, até a cerca viva que separa o bananal do caminho, há quinze longos metros. Ele sabe muito bem disso, porque ele mesmo, ao erguer o cercado, mediu a distância.

O que é que há, então? É ou não é mais um meio-dia como tantos em Misiones, na sua mata, em seu potreiro, em seu bananal ralo? Sem dúvida. Grama aparada, formigueiros, silêncio, sol a pino...

Nada, nada mudou. Apenas ele é diferente. Faz dois minutos que sua pessoa, sua personalidade vivente, já nada tem a ver nem com o potreiro, que ele mesmo fez na base da enxada, durante cinco meses consecutivos; nem com o bananal, obra de suas próprias mãos. Nem com sua família. Foi arrancado bruscamente, naturalmente, por obra de uma casca escorregadia e um facão no ventre. Faz dois minutos, e está morrendo.

O homem, extenuado e estendido na grama sobre o lado direito, resiste-se sempre em admitir um fenômeno desta transcendência, ante o aspecto normal e monótono de tudo quanto vê. Sabe bem a hora: onze e meia... O garoto de todos os dias acaba de passar pela ponte.

Mas não é possível que ele tenha tropeçado...! O cabo do facão (logo deverá trocá-lo por outro; não vai durar muito) estava perfeitamente oprimido entre sua mão direita e o arame farpado. Depois de dez anos de mata, ele sabe muito bem como se lida com um facão de mato. Está somente cansado demais pelo trabalho dessa manhã, e descansa um pouco como de costume.

A prova?... Mas a grama que agora lhe entra pelo canto da boca, quem a plantou foi ele mesmo, em pães de terra com a distância de um metro um do outro! E esse é o seu bananal; e esse é o seu malacara, bufando cauteloso diante das farpas do arame! Ele o vê perfeitamente; sabe que não se atreve a dobrar a esquina da cerca, porque está jogado quase ao pé da viga. Percebe isso bastante bem; e vê os fios escuros de suor que vertem da sela e da anca. O sol é abrasador, e a calma é bem grande, pois nem uma franja das bananeiras se move. Todos os dias, como hoje, ele vê a mesmas coisas.

... Muito fadigado, mas descansa sozinho. Devem haver passado já muitos minutos... E quando forem quinze para o meio-dia, lá de cima, da casa de telhado vermelho, se desprenderão para o bananal sua mulher e os dois filhos, virão chamá-lo para almoçar. Ouve sempre, antes da dos outros, a voz do caçula que quer se soltar da mão da mãe: Paiê! Paiê!

Não é assim?... Claro, está escutando! Já está na hora. Escuta realmente a voz do filho...

Que pesadelo!... Mas apenas mais um de tantos dias, trivial como todos; é claro! Luz excessiva, sombras amareladas, calor silencioso de forno sobre a carne, que faz suar o malacara imóvel diante do bananal proibido.

... Muito cansado, muito, mas é apenas isso! Quantas vezes, ao meio-dia como agora, não cruzou este potreiro ao voltar para casa, que era uma capoeira quando ele chegou, e que antes havia sido mata virgem! Voltava então, cansadíssimo também, com seu facão dependurado pela mão esquerda, a passos lentos.

Pode ainda afastar-se com a mente, se quiser; pode, se quiser, abandonar por um instante seu corpo e ver do quebra-mar, por ele mesmo construído, a mesma paisagem de sempre; a rocha vulcânica com grama dura; o bananal e sua terra vermelha; a cerca encurtada no final, que dobra uma esquina rumo ao caminho. E mais ao longe ainda, pode ver o potreiro, obra de suas próprias mãos. E ao pé de uma viga descascada, deitado sobre o lado direto e com as pernas dobradas, exatamente como todos os dias, pode ver a si mesmo, como um pequeno vulto ensolarado sobre o gramado — descansando, porque está cansado demais...

Mas o cavalo, molhado de suor, e cautelosamente imóvel diante da curva do cercado, vê também o homem no chão, e não se atreve a costear o bananal, como desejaria. Diante as vozes que já estão próximas — Paiê! — volta por um longo, longo instante as orelhas imóveis ao vulto; e finalmente tranquilizado, decide passar entre a viga e o homem deitado — que já descansou.

O telhado de cabreúva

Nos arredores e dentro das ruínas de San Ignacio, a subcapital do Império Jesuítico, ergue-se em Misiones o povoado atual de mesmo nome. Constituem-no uma série de ranchos ocultos uns dos outros pela mata. Às margens das ruínas, sobre uma colina descoberta, erguem-se algumas casas de tijolos, branqueadas até a cegueira pela cal e pelo sol, mas com uma magnífica vista do vale do Yabebirí ao entardecer. Há na colônia armazéns, muitos mais do que se poderia desejar, a ponto de não ser possível ver aberto um caminho vicinal, sem que no ato um alemão, um espanhol ou um sírio não se instale na esquina com um mercadinho. No espaço de duas quadras estão localizadas todas as repartições públicas: Delegacia, Juizado de Paz, Comisão Municipal e uma escola mista. Como nota pitoresca, existe nas próprias ruínas — invadidas pela selva, como se sabe — um bar, criado nos dias da febre da erva-mate, quando os capatazes que vinham do Alto Paraná até Posadas desciam ansiosos em San Ignacio para piscar de ternura diante de uma garrafa de uísque. Alguma vez relatei as características daquele bar, e não voltaremos por hoje a ele.

Mas na época a que nos referimos nem todas as repartições públicas estavam instaladas no próprio povoado. Entre as ruínas e o porto novo, à meia légua de um e de outro, em uma magnífica meseta para o desfrute particular de seu morador, vivia Orgaz, o chefe do Registro Civil, e em sua própria casa estava instalada a repartição pública.

A casinha deste funcionário era de madeira, com telhado de ripas de cabreúva dispostas como telhas. O dispositivo é excelente se forem utilizadas ripas secas e previamente brocadas. Mas quando Orgaz construiu o telhado a madeira era recém-cortada, e ele a pregou com pregos sem estopa; com isso as telhas de cabreúva se abriram e envergaram em sua extremidade livre para cima, até dar um aspecto de ouriço ao teto do bangalô. Quando chovia, Orgaz mudava oito ou dez vezes de lugar sua cama, e seus móveis tinham rastros esbranquiçados de água.

Insistimos neste detalhe da casa de Orgaz, porque esse telhado ouriçado absorveu durante quatro anos as forças do chefe do Registro Civil, sem dar-lhe nem tempo nos dias de trégua para suar à sesta instalando o arame farpado, ou perder-se na mata por dois dias, para aparecer finalmente à luz com a cabeça cheia de folhas.

Orgaz era um homem amigo da natureza, que em seus maus momentos falava pouco, mas que escutava com profunda atenção um pouco insolente. No povoado não era benquisto, mas era respeitado. Pese a democracia absoluta de Orgaz, e a sua fraternidade e mesmo as chacotas dos senhores da erva-mate e autoridades — todos eles em corretos *breeches* —, havia sempre uma barreira de gelo que os separava. Não era possível encontrar em nenhum ato de Orgaz o menor traço de orgulho. E era disto precisamente — de orgulho desmedido — que era acusado.

Algo, entretanto, havia dado lugar a esta impressão.

Nos primeiros tempos de sua chegada a San Ignacio, quando Orgaz não era ainda funcionário público e vivia sozinho em sua meseta construindo seu telhado ouriçado, recebeu um convite do diretor da escola para visitar o estabelecimento. O diretor, naturalmente, sentia-se lisonjeado em fazer as honras de sua escola a um indivíduo com a cultura de Orgaz.

Orgaz encaminhou-se para lá na manhã seguinte com suas calças azuis, suas botas e sua camisa de linho habitual. Mas o fez atravessando a mata, onde encontrou um lagarto de grande tamanho que quis conservar vivo, e para isso atou-lhe um cipó ao ventre. Saiu por fim da mata, e fez deste modo sua entrada na escola — diante de cujo portão o diretor e os professores o espera-vam — com uma manga partida em duas, e arrastando seu lagarto pelo rabo.

Também nesses dias os burros de Bouix ajudaram a fomentar a opinião que sobre Orgaz estava sendo criada.

Bouix é um francês que durante trinta anos viveu no país considerando-o seu, e cujos animais vagavam livres devastando as míseras plantações dos vizinhos. A terneira menos hábil de Bouix era suficientemente astuta para dar cabeçadas por horas inteiras entre os arames da cerca, até afrouxá-los. Naquela época não conheciam por lá o arame farpado. Mas quando o descobriram, restaram ainda os burricos de Bouix, que se atiravam sob o último arame, e ali se arrastavam de lado até passar ao outro lado. Ninguém se queixava: Bouix era o juiz de paz de San Ignacio.

Quando Orgaz lá chegou, Bouix já não era mais juiz. Mas seus burricos ignoravam tal fato, e continuavam trotando pelos caminhos ao entardecer, em busca de uma plantação macia que examinavam por cima das cercas com os beiços trêmulos e as orelhas paradas.

Ao chegar sua vez na devastação, Orgaz suportou pacientemente; esticou alguns arames, e levantou-se algumas noites para correr pelado no sereno para espantar os burricos que entrevam até sua barraca. Foi, finalmente, queixar-se a Bouix, que com afobação chamou os seus filhos para recomendar-lhes que cuidassem dos burros que iam incomodar o "coitado do senhor Orgaz". Os burricos continuaram livres, e Orgaz voltou um par de vezes para encontrar o francês casmurro, que se lamentou e chamou outra vez a palmadas todos seus filhos, com o mesmo resultado da vez anterior.

Orgaz colocou então uma placa no caminho principal, que dizia:

Cuidado!
Os pastos desta propriedade estão envenenados.

E por dez dias descansou. Mas na noite seguinte tornou a ouvir o passo sigiloso dos burros que subiam a meseta, e um pouco mais tarde ouviu o rac-rac das folhas de suas palmeiras arrancadas. Orgaz perdeu a paciência e, saindo nu, fuzilou o primeiro burro que encontrou pela frente.

No dia seguinte, mandou um garoto avisar Bouix que havia amanhecido morto em sua casa um burro. Quem foi comprovar o inverossímil acontecimento não foi Bouix, mas seu filho mais velho, um homenzarrão tão alto quanto triguenho e tão triguenho quanto sombrio. O carrancudo rapaz leu o letreiro ao passar pelo portão, e subiu a contragosto a meseta, onde Orgaz o esperava com as mãos nos bolsos. Mal o cumprimentou, o delegado de Bouix aproximou-se do animal morto, e Orgaz fez o mesmo. O rapagão deu umas duas voltas em torno do burro, olhando-o por todos os lados.

— Decerto morreu nesta noite... — resmungou finalmente. — E do que é que pode ter morrido...

Na metade do pescoço, mais flagrante que o próprio dia, gritava ao sol a enorme ferida da bala.

— Quem sabe... Seguramente envenenado — respondeu tranquilo Orgaz, sem tirar as mãos dos bolsos.

Mas os burricos desapareceram para sempre da chácara de Orgaz.

***

    Durante o primeiro ano de suas funções como chefe do Registro Civil, toda San Ignacio protestou contra Orgaz, que arrasando com as disposições em vigor, havia instalado o escritório à meia légua do povoado. Lá, na sua casa, em um cômodo com chão de terra batida, bem escura pela galeria e por uma laranjeira que quase interrompia a entrada, as pessoas esperavam indefectivelmente dez minutos, pois Orgaz não estava, — ou estava com as mãos cheias de piche. Finalmente o funcionário anotava com displicência os dados em um papelzinho qualquer, e saía do escritório antes do seu cliente, para trepar de novo no telhado.

    Na verdade, não foi outro o principal trabalho de Orgaz durante seus primeiros quatro anos de Misiones. Em Misiones chove, pode-se acreditar, o suficiente para colocar à prova duas chapas de zinco sobrepostas. E Orgaz tinha construído seu telhado com ripas ensopadas ao longo de um outono de dilúvio. As plantas de Orgaz se estiraram literalmente; mas as ripas do telhado, submetidas a este trabalho de sol e umidade, envergaram todas nas suas pontas soltas, com o aspecto de ouriço que já apontamos.

    Visto debaixo, dos quartos escuros, o teto de madeira escura oferecia a particularidade de ser a parte mais clara do interior, porque cada ripa levantada na ponta exerce a função de claraboia. Encontrava-se, além do mais, enfeitado com infinitos círculos de zarcão, marcas que Orgaz fazia com um bambu nas frestas, não por onde pingava, mas por onde a água jorrava sobre sua cama. Mas o mais peculiar eram os pedaços de corda com os quais Orgaz calafetava seu telhado, e que agora, soltos e pesados com o piche, pendiam imóveis e refletiam réstias de luz como cobras.

    Orgaz tinha experimentado tudo o que era possível para consertar seu telhado. Tentou cunhas de madeira, gesso, cimento portland, cola com bicromato, serragem com piche. Depois de dois anos de tentativas nos quais não conseguiu conhecer, como seus antepassados mais remotos, o prazer de encontrar-se de noite ao abrigo da chuva, Orgaz concentrou sua atenção no composto estopa-piche. Foi um verdadeiro achado, e ele substitui então todos os vulgares remendos de cimento portland e serragem-machê, por seu cimento negro.

Quantas pessoas fossem à repartição ou passassem em direção ao porto novo, tinham a certeza de ver o funcionário público em cima do telhado. Depois de cada conserto, Orgaz esperava uma nova chuva, e sem muitas ilusões entrava para testar sua eficácia. As velhas claraboias se comportavam bem: mas novas frestas haviam aparecido, e pingavam — naturalmente — no novo lugar onde Orgaz tinha colocado a cama.

E nesta luta constante entre a pobreza de recursos e um homem que queria a todo custo conquistar o mais velho ideal da espécie humana — um teto que o protegesse da chuva — Orgaz foi surpreendido por onde mais havia pecado.

***

O horário de atendimento de Orgaz era das sete às onze. Já vimos como em geral desempenhava suas funções. Quando o chefe do Registro Civil estava na mata ou ocupado com suas mandiocas, o garoto o chamava com a turbina da máquina de matar formigas. Orgaz subia a ladeira com a enxada ao ombro ou o facão na mão, desejando de toda a alma que houvesse passado um só minuto depois das onze. Ultrapassada esta hora, não havia modo de que o funcionário atendesse na repartição.

Em uma destas ocasiões, enquanto Orgaz descia do telhado do bangaló, o chocalho do portãozinho soou. Orgaz deu uma espiada no relógio: eram onze e cinco. Em consequência, foi tranquilo lavar as mãos na pedra de amolar, sem prestar atenção no garoto que lhe dizia:

— Tem gente, patrão.

— Que passe amanhã.

— Eu falei para ele, mas ele disse que é o Inspetor de Justiça...

— Isto já é outra coisa; peça para ele esperar um momento — respondeu Orgaz. E continuou esfregando com banha os antebraços negros de piche, enquanto sua testa se franzia cada vez mais.

Com efeito, sobravam-lhe motivos.

Orgaz havia solicitado a nomeação de Juiz de Paz e Chefe do Registro Civil para viver. Não tinha amor algum por suas funções, apesar de administrar a justiça sentado num canto da mesa e com uma chave inglesa nas mãos — com perfeita equanimidade. Mas o Registro Civil era seu pesadelo. Deveria ter em dia, em duas vias, os livros de certidões de nascimento, de óbito e de casamento. A metade das vezes era levado pela turbina para suas tarefas de chácara, e a outra metade era interrompido em pleno estudo — sobre o telhado — de algum cimento que poderia finalmente proporcionar-lhe cama seca quando chovesse. Assim escrevia correndo os dados demográficos no primeiro papel que estivesse à mão e fugia da repartição.

Depois era a tarefa interminável de chamar as testemunhas para assinar as certidões, pois cada peão oferecia como testemunha aquela gente esquisita que não saía nunca da mata. Eis aqui as inquietudes que Orgaz solucionou no primeiro ano do melhor modo possível, mas que o cansaram totalmente de suas funções.

— Estamos feitos — dizia a si mesmo, enquanto terminava de tirar o piche e amolava no ar, por costu-me. — Se eu escapar dessa é porque realmente tenho sorte...

Finalmente foi à repartição escura, onde o inspetor observava atentamente a mesa em desordem, as duas únicas cadeiras, o chão de terra batida, e alguma meia nos vigas do teto, levada até lá pelos ratos.

O homem não ignorava quem era Orgaz, e durante um instante falaram de coisas bem alheias à repartição. Mas quando o Inspetor do Registro Civil entrou friamente nas funções, a coisa foi bem diferente.

Naquele tempo os livros de atas permaneciam nas repartições locais, onde eram inspecionados anualmente. Ao menos assim deveria ser. Mas na prática passavam anos sem que a fiscalização ocorresse —, e até quatro anos, como no caso de Orgaz. De modo que o inspetor caiu sobre os vinte e quatro livros do Registro Civil, doze dos quais tinham suas certidões sem assinaturas, sendo que os outros doze estavam totalmente em branco.

O inspetor folheava devagar, livro após livro, sem erguer os olhos. Orgaz, sentado no canto da mesa, também não dizia palavra. O visitante não perdoava uma só página; uma a uma, ia passando lentamente as folhas em branco. E não havia no cômodo outra manifestação de vida mesmo que sobrecarregada de intenção —, além do implacável crepitar das folhas de papel grosso e o vai e vem incansável da bota de Orgaz.

— Bem — falou finalmente o inspetor. — E as certidões referentes a estes doze livros em branco?

Voltando-se a meias, Orgaz apanhou a lata de biscoitos e, sem dizer palavra, entornou-a sobre a mesa, que ficou inundada de papeizinhos de todo tipo e aspecto — especialmente papel de embrulho, que traziam marcas dos herbários de Orgaz. Aqueles tais papeizinhos, escritos com lápis graxo de riscar madeira na mata — amarelos, azuis e vermelhos — faziam um bonito efeito, que o funcionário inspetor observou longamente. E depois observou Orgaz também longamente.

— Muito bem — exclamou. — É a primeira vez que vejo livros como estes. Dois anos inteiros de certidões sem assinatura. E o resto numa lata de biscoitos. Bem, meu senhor, nada mais me resta a fazer aqui.

Mas diante do aspecto de trabalho duro e das mãos feridas de Orgaz, reagiu um pouco.

— Impressionante, o senhor! — disse-lhe. — Não se deu sequer ao trabalho de trocar a cada ano a idade de suas duas únicas testemunhas. São sempre os mesmos nos quatro anos, e nos vinte e quatro livros de registros. Sempre têm vinte quatro anos um, e trinta e seis o outro. E este carnaval de papeizinhos... O senhor é um funcionário do Estado. O Estado lhe paga para que o senhor desempenhe suas funções, não é isso?

— Sim, senhor — respondeu Orgaz.

— Bem. Pela centésima parte disso, o senhor mereceria não ficar mais nem um só dia em sua repartição. Mas não quero proceder. Dou três dias de prazo — acrescentou olhando o relógio. — Daqui a três dias estou em Posadas e durmo à bordo às onze. Dou-lhe prazo até as dez horas da noite de sábado para que o senhor me leve os livros preenchidos. Caso contrário, procedo. Entendido?

— Perfeitamente — respondeu Orgaz.

E acompanhou até o portão o seu visitante, que o saudou com aspereza ao partir a galope.

Orgaz subiu sem pressa o pedregulho vulcânico que escapava sob seus pés. Preta, mais preta que as placas de piche de seu telhado caldeado, era a empreitada que o esperava. Calculou mentalmente, a tantos minutos por certidão, o tempo de que dispunha para salvar seu posto —, e com ele a liberdade de prosseguir seus problemas hidrófugos. Orgaz não tinha outros recursos além dos que o Estado lhe pagava por manter em dia seus livros do Registro Civil. Devia, portanto, conquistar a boa vontade do Estado, que acabava de deixar seu emprego suspenso por um finíssimo fio.

Consequentemente, Orgaz terminou por desterrar de suas mãos, com tabatinga, todo rastro de piche, e sentou-se à mesa para preencher os doze grandes livros do Registro Civil. Sozinho, jamais teria levado a cabo sua tarefa no tempo estipulado. Mas o garoto o ajudou, fazendo o ditado.

Era um polaco, de doze anos, ruivo e todo alaranjado de sardas. Tinha as sobrancelhas tão claras que nem de perfil se podia vê-las, e levava sempre um boné diante dos olhos, porque a luz do sol lhe feria a vista. Prestava seus serviços a Orgaz, e cozinhava sempre o mesmo prato que ele e o patrão comiam juntos debaixo da laranjeira.

Mas nesses três dias, o forno de experiências de Orgaz, e que o polaquinho usava para cozinhar, não funcionou. A mãe do garoto ficou encarregada de trazer todas as manhãs até a meseta mandioca assada.

Frente a frente na repartição escura e caldeada como um barbaquá, Orgaz e seu secretário trabalharam sem se mover, o chefe nu da cintura para cima, e seu ajudante com o boné sobre o nariz, mesmo lá dentro. Durante três dias não se escutou senão a voz cantada de escolar do polaquinho, e o grave com que Orgaz confirmava as últimas palavras. De vez em quando comiam biscoito ou mandioca, sem interromper o trabalho. Assim até o cair da tarde. E quando finalmente Orgaz se arrastava beirando os bambus para tomar banho, as mãos na cintura ou erguidas falavam com clareza de sua fadiga.

O vento norte soprava nesses dias sem trégua, direto no telhado da repartição, o ar ondulava de calor. Era entretanto aquele quarto de terra batida o único canto com sombra na meseta; e lá de dentro os escreventes viam de baixo a laranjeira reverberar um quadrilátero de areia que vibrava, e que parecia zunir com a sesta inteira.

Depois do banho de Orgaz, o trabalho recomeçava à noite. Levavam a mesa para fora, sob a atmosfera quieta e sufocante. Entre as palmeiras da meseta, tão rígidas e negras que chegavam a se destacar na escuridão, os escreventes prosseguiam preenchendo as folhas do Registro Civil à luz do lampião, entre um nimbo de pequenas mariposas sutilmente multicoloridas, que voavam em enxames debaixo do lampião e irradiavam em tropel sobre as folhas em branco. Com isso a tarefa fica ainda mais pesada, pois se tais mariposas vestidas para o baile são o que há de mais belo em Misiones em uma noite abafada, nada há também de mais tenaz que o avanço destas pequenas damas de seda contra a caneta de um homem que já não consegue sustentá-la, nem soltá-la.

Orgaz dormiu quatro horas nos últimos dias, e na última noite não dormiu, sozinho na meseta com suas palmeiras, seu lampião e suas mariposas. O céu estava tão carregado e baixo que Orgaz sentia que ele começava diante da sua testa. A altas horas, entretanto, acreditou ouvir através do silêncio, um rumor profundo e distante —, o troar da chuva sobre a mata. Nesta tarde, efetivamente, tinha notado que estava bem escuro o horizonte do sudeste.

— Contanto que o Yabebirí não apronte das suas... — disse a si mesmo, olhando através da escuridão.

Finalmente surgiu a alvorada, saiu o sol, e Orgaz voltou à repartição com seu lampião que esqueceu preso em um canto e que iluminava o chão. Continuava escrevendo, sozinho. E quando às dez o polaquinho finalmente despertou de sua fadiga, teve ainda tempo de ajudar o patrão, que às duas da tarde, com o rosto engordurado e com cor de terra, largou a caneta e literalmente abandonou-se sobre os braços —, e nesta posição permaneceu longo tempo tão imóvel que nem era possível perceber se ele respirava ou não.

Havia terminado. Depois de sessenta e três horas, uma após a outra, diante do quadrilátero de areia escaldada ou na meseta lôbrega, seus vinte e quatro livros do Registro Civil estavam em dia. Mas havia perdido o barco para Posadas que saía a uma, e não restava outro recurso a não ser ir até lá a cavalo.

***

Orgaz observou o tempo enquanto encilhava seu cavalo. O céu estava branco, e o sol, mesmo que escondido sob as nuvens, queimava como fogo. Das serras escalonadas do Paraguai, da bacia fluvial do sudeste, vinha uma sensação de umidade, de selva molhada e quente. Mas enquanto em todos os confins do horizonte os golpes de água lívida cortavam os céus, San Ignacio continuava calcinando-se sufocada.

Sob tal tempo, pois, Orgaz trotou e galopou o quanto pôde em direção a Posadas. Desceu a colina do cemitério novo e entrou no vale do Yabebirí, diante de cujo rio teve a primeira surpresa enquanto esperava a balsa: uma franja de palitos borbulhantes se aderia às margens.

— Está enchendo — disse ao viajante o homem da balsa. — Choveu muito hoje e ontem à noite lá pelas nascentes...

— E lá embaixo? — perguntou Orgaz.

— Choveu bastante também...

Orgaz, portanto, não havia se enganado, ao ouvir na noite anterior o troar da chuva sobre a mata distante. Intranquilo agora pela travessia do Garupá, cujas cheias súbitas só podem ser comparadas às do Yabebirí, Orgaz subiu a galope o sopé de Loreto, destroçando nos pedregais de basalto os cascos de seu cavalo. Do altiplano que exibia diante de sua vista um imenso país, viu todo o setor do céu, de leste a sul, inchado de água azul, e a mata, saturada de chuva, diluída detrás da branca cortina de nuvens. Não havia mais sol, e uma imperceptível brisa se infiltrava por momentos na calma asfixiante. Sentia-se o contato da água —, o dilúvio seguinte às grandes secas. E Orgaz passou a galope por Santa Ana e chegou a Candelaria.

Lá teve uma segunda surpresa, se bem que prevista: o Garupa descia carregado com quatro dias de temporal e não dava passagem. Nem vau nem balsa; só lixo fermentado ondulando entre as palhas e, na correnteza, madeiras e água estirada a toda velocidade.

O que fazer? Eram cinco da tarde. Outras cinco horas mais e o inspetor subiria para dormir a bordo. Não restava a Orgaz outro recurso além de alcançar o Paraná e meter os pés na primeira pirágua que encontrasse embicada na praia.

Foi o que fez; e quando a tarde começava a escurecer sob a maior ameaça de tempestade que já haja oferecido qualquer céu, Orgaz descia o Paraná em uma canoa quebrada no meio, remendada com uma lata, e por cujos furos a água entrava esguichando.

No começo, o dono da canoa remou preguiço-samente pelo meio do rio; mas como estava levando cachaça comprada com o adiantamento de Orgaz, logo preferiu filosofar a meias palavras com uma e outra margem. Por isso Orgaz apoderou-se do remo, no instante em que um brusco golpe de vento fresco, quase invernal, crispava como um ralador todo o rio. A chuva havia chegado, e não era mais possível ver a costa argentina. E com as primeiras gotas maciças Orgaz pensou em seus livros, protegidos apenas pelo tecido da maleta. Tirou o paletó e a camisa, cobriu com eles seus livros e empunhou o remo de proa. O índio trabalhava também, inquieto com a tormenta. E sob o dilúvio que crivava a água, os dois indivíduos sustentaram a canoa na correnteza, remando vigorosamente, com o horizonte a vinte metros e encerrados em um círculo branco.

A viagem pela correnteza favorecia a marcha, e Orgaz manteve-se nela enquanto pôde. Mas o vento aumentava; e o Paraná, que entre Candelaria e Posadas se alarga como um mar, crispava-se em enormes ondas. Orgaz havia se sentado sobre os livros para salvá-los da água que batia contra a lata e inundava a canoa. Não conseguiu, entretanto, sustentar-se mais, e mesmo com o risco de chegar tarde em Posadas, dirigiu-se à costa. E assim, a canoa cheia de água e atingida de lado pelas ondas só não afundou no percurso porque às vezes acontecem estas coisas inexplicáveis.

A chuva continuava fortíssima. Os dois homens saíram da canoa ensopados e como que debilitados, e ao subir na barranca viram uma lívida sombra à curta distância. O cenho de Orgaz se distendeu, e com o coração posto em seus livros, que salvava assim milagrosamente, correu para proteger-se lá.

Encontrava-se em um velho galpão de secar tijolos. Orgaz sentou-se em uma pedra entre as cinzas, enquanto que na entrada, acocorado, e com a cabeça entre as mãos, o índio da canoa esperava tranquilo pelo final da chuva que soava sobre o telhado de zinco, e parecia precipitar cada vez mais seu ritmo até tornar-se um rugido vertiginoso.

Orgaz também olhava para fora. Que dia interminável! Tinha a sensação de que fazia um mês que havia saído de San Ignacio. O Yabebirí subindo... a mandioca assada... a noite que passou sozinho escrevendo... o quadrilátero branco durante doze horas...

Longínquo, longínquo parecia-lhe tudo isso. Estava ensopado e tinha dores terríveis na cintura; mas isso não era nada se comparado ao sono. Se pudesse dormir, dormir ao menos um instante. Nem mesmo isso, ainda que houvesse podido fazê-lo, porque as cinzas saltitavam. Orgaz entornou a água das botas, e calçou-as de novo, indo observar o tempo.

Bruscamente a chuva havia parado. O crepúsculo calmo submergia na umidade, e Orgaz não podia deixar-se enganar diante daquela efêmera trégua que ao correr da noite se resolveria em novo dilúvio. Decidiu aproveitá-la, e empreendeu sua caminhada a pé.

Calculava em seis ou sete quilômetros a distância até Posadas. Em tempo normal, aquilo teria sido uma brincadeira; mas naquele barro ensopado as botas de um homem exausto escorregam sem avançar, e aqueles sete quilômetros Orgaz os venceu tendo da cintura para baixo a escuridão mais densa, e mais acima, o brilho das luzes elétricas de Posadas.

Sofrimento, tormento de falta de sono zunindo-lhe dentro da cabeça, que parecia abrir-se por vários lados; cansaço extremo e muito mais lhe sobravam a Orgaz. Mas o que prevalecia era a satisfação consigo mesmo. Pairava acima de tudo o prazer de haver se reabilita-do — mesmo que fosse diante de um inspetor da justiça. Orgaz não havia nascido para ser funcionário público, e praticamente não o era, conforme vimos. Mas sentia no coração o doce calor que conforta um homem quando trabalhou duramente para cumprir um simples dever e prosseguiu avançando metro por metro até ver a luz dos arcos não mais refletida no céu, mas entre os próprios carvões, que o cegavam.

***

O relógio do hotel soava dez badaladas quando o Inspetor de Justiça, que fechava sua maleta, viu entrar um homem pálido, sujo de barro até a cabeça, e com os indícios mais claros de que iria cair se se afastasse do batente da porta.

Durante um instante o inspetor ficou olhando o indivíduo. Mas só quando este conseguiu avançar e pôr os livros sobre a mesa, foi que reconheceu Orgaz, ainda que sem entender nem muito nem pouco sua presença em tal estado e a tal hora.

— E isso? — perguntou apontando para os livros.

— Como o senhor me pediu — disse Orgaz. — Estão em dia.

O inspetor olhou para Orgaz, considerou por um momento seu aspecto, e recordando-se então do incidente em seu escritório, começou a rir muito cordialmente, enquanto dava-lhe um suave tapa no ombro:

— Mas eu disse ao senhor que me trouxesse os livros apenas por dizer-lhe algo, nada mais! Eu teria sido um sonso, meu amigo! Para quê todo este trabalho!

***

Em uma tarde calcinante estávamos com Orgaz sobre o telhado de sua casa; e enquanto ele introduzia entre as ripas de cabreúva pesados rolos de estopa e piche foi que me contou esta história.

Não fez comentário algum ao terminá-la. Com os novos anos transcorridos desde então, ignoro o que havia naquele momento nas páginas de seu Registro Civil e em sua lata de biscoitos. Mas depois da satisfação oferecida naquela noite a Orgaz, eu não teria querido por nada ser o inspetor desses livros.

A câmara escura

Numa noite de chuva, chegou-nos ao bar das ruínas a notícia de que nosso juiz de paz, de viagem por Buenos Aires, havia sido vítima do conto do vigário e que retornava muito doente.

Ambas as notícias nos surpreenderam, porque jamais pisou em Misiones moço mais desconfiado do que o nosso juiz, e nunca tínhamos levado a sério sua doença: asma e, para sua frequente dor de dentes, bochechos de conhaque, que não cuspia. Conto do vigário, com ele? Era de se conferir.

Já contei na história do meio litro de álcool carburado que beberam Seu Juan Brown e o seu sócio Rivet, o incidente do jogo de cartas em que intercedeu o juiz de paz.

Chamava-se este funcionário Malaquias Sotelo. Era um índio de baixa estatura e pescoço atarracado, que parecia sentir resistência na nuca para levantar a cabeça. Tinha forte mandíbula e a testa tão pequena que o cabelo curto e rígido como arame nascia como uma linha azul a dois dedos das sobrancelhas grossas. Debaixo destas, dois minúsculos olhos fundos que olhavam com eterna desconfiança, sobretudo quando a asma os inundava de angústia. Seus olhos se voltavam então a um e outro lado com ofegante desconfiança de animal encurralado — e qualquer um evitava com gosto olhar para ele nestas ocasiões.

Fora esta manifestação de sua alma indígena, era um moço incapaz de desperdiçar qualquer centavo no que quer que fosse, e cheio de vontade.

Havia sido desde menino soldado de polícia na campanha de Corrientes. A onda de desassossego, que como um vento norte sopra sobre o destiño dos indivíduos nos países extremos, forçou-o a abandonar de repente seu trabalho e ir ser porteiro do Tribunal de Posadas. Lá, sentado no saguão, aprendeu sozinho a ler no *La Nación* e *La Prensa*. Não faltou quem adivinhasse as aspirações daquele indiozinho silencioso, e dez anos depois o encontramos à frente do Juizado de Paz de Iviraromí.

Tinha uma certa cultura adquirida às escondidas, bastante superior à que demonstrava, e nos últimos tempos havia comprado a História Universal de Cesare Cantu. Mas disto soubemos depois, em razão do sigilo com que escondia dos gracejos inevitáveis suas aspirações a *doutor*.

A cavalo (jamais fora visto caminhando duas qua-dras sequer), era o tipo mais bem vestido do lugar. Porém no seu rancho andava sempre descalço e, ao entardecer, lia à beira da caminho em uma rede, calçado sem meias com os mocassins de couro que ele mesmo fabricava. Tinha algumas ferramentas de correaria, e sonhava ter uma máquina de costurar sapatos.

Meu conhecimento dele datava de minha própria chegada ao país, quando uma tarde o juiz visitou minha oficina para perguntar-me, logo no final de sua cerimoniosa visita, que procedimento mais rápido que o tanino eu conhecia para curtir couro de capivara, e que queimasse menos que o bicromato.

No fundo, o homem gostava pouco ou ao menos desconfiava de mim. Suponho que a causa disso seja certo banquete com que os aristocratas da região — plantadores de mate, autoridades e donos de vendas — celebraram pouco tempo após minha chegada uma festa pátria na praça das ruínas jesuíticas, à vista e rodeados de mil pobres diabos e crianças ansiosas, banquete do qual não participei, mas que presenciei em todos os seus aspectos, na companhia de um carpinteiro caolho que numa noite escura havia vazado seu olho por espirrar com mais álcool que o conveniente na frente de um arame farpado, e de um caçador brasileiro, uma velha e arisca besta da selva que depois de olhar de esguelha minha bicicleta por três meses seguidos, terminou por resmungar:

— Cavallo de pao...

A minha pouco protocolar companhia e minha habitual roupa de trabalho que não abandonei nem no feriado pátrio — e isto acima de tudo — foram sem dúvida as causas da cisma de que nunca se livrou a meu respeito o juiz de paz.

Havia se casado há pouco tempo com Elena Pilsudski, uma polaquinha bem jovem que o seguia desde oito anos atrás, e que costurava a roupa de suas crianças com o fio de correeiro do marido. Trabalhava desde o amanhecer até a noite como um peão (o juiz tinha bom olho), e desconfiava de todos os visitantes, aos quais olhava de um modo aberto e selvagem, não muito diferente do de suas terneiras que só corriam mais que sua dona quando esta, com a saia pela cintura e as coxas ao vento, voava atrás delas ao amanhecer por entre o alto capinzal ensopado.

Ainda havia outro personagem na família, se bem que não honrava a Iviraromí com sua presença senão de tarde em tarde: Seu Estanislao Pilsudski, o sogro de Sotelo.

Este era um polaco cuja barba lisa seguia os ângulos de sua magra cara, calçado sempre com botas novas e vestido com um negro e longo paletó, como uma túnica. Sorria sem parar, rápido em adiantar-se à opinião do mais pobre ser que lhe falasse — constituindo isso sua característica de velho lobo. Em suas estadias entre nós não faltava uma só noite ao bar, com uma bengala sempre diferente se fazia bom tempo, e com um guarda-chuva se chovia. Percorria as mesas de jogo, detendo-se longamente em cada uma para fazer-se benquisto de todos; ou parava diante do bilhar com as mãos para trás e debaixo do paletó, balançando-se e aprovando toda tacada, certeira ou não. Nós o chamávamos de *Coração de Ouro* por ser esta sua expressão habitual para qualificar um sujeito como homem de bem.

Naturalmente, o juiz de paz foi quem primeiro fez jus a tal expressão, quando Sotelo, proprietário e juiz, casou-se com Elena por amor a seus filhos; mas todos éramos também alvo das efusões do adocicado rapaz.

Tais são os personagens que intervêm no assunto fotográfico que é o tema deste relato.

Como disse no princípio, a notícia do conto do vigário sofrido pelo juiz não havia encontrado entre nós a menor acolhida. Sotelo era a desconfiança e o receio em pessoa; e por mais provinciano que se sentisse no Paseo de Julio, nenhum de nós encontrava nele madeira suscetível a golpe algum. Era ignorada também a procedência da fofoca; havia subido, seguramente, de Posadas, como a notícia de seu retorno e de sua doença, que desgraçadamente era verdadeira.

Eu fui o primeiro a saber, ao voltar para casa uma manhã, com a enxada ao ombro. Ao cruzar a estrada ao porto novo, um garoto deteve na ponte o galope de seu cavalo branco para contar-me que o juiz de paz havia chegado na noite anterior em um vapor de carreira ao Iguazú, e que havia sido carregado para desembarcar porque estava muito doente. E que ia avisar a família dele para que o levassem em uma charrete.

— Mas o que ele tem? — perguntei ao garoto.

— Não sei — repetiu o menino. — Não consegue falar... Tem uma coisa na respiração...

Por mais que eu soubesse da má vontade de Sotelo em relação a mim, e de que sua decantada doença não fosse outra coisa além de um vulgar acesso de asma, decidi ir vê-lo. Encilhei, pois, meu cavalo, e em dez minutos estava lá.

No porto novo de Iviraromí ergue-se um grande galpão novo que serve de depósito de erva-mate, e se arruína um chalé desabitado que já foi armazém e hospedaria. Agora está vazio, sem que se encontre nos quartos escuros outra coisa além de arreios mofados, e um aparelho telefônico pelo chão.

Em um destes quartos encontrei nosso juiz deitado vestido em um catre, sem paletó. Estava quase sentado com a camisa aberta e o colarinho postiço desprendido, mesmo que ainda preso por trás. Respirava como respira um asmático em um violento acesso – o que não é agradável de se ver. Ao ver-me agitou a cabeça no travesseiro, levantou um braço, que se moveu em desordem, e depois o outro, que levou, convulsivo, à boca. Mas não conseguiu dizer-me nada.

Além do seu aspecto, do afundamento insondável de seus olhos e do afilamento terroso do seu nariz, algo sobretudo atraiu meu olhar: suas mãos, saindo pela metade dos punhos da camisa, descarnadas e com as unhas azuladas; os dedos lívidos e grudados que começavam a arquear-se sobre o lençol.

Olhei-o mais atentamente, e vi então, dei-me conta claramente de que o juiz tinha os segundos contados, que morria, que nesse mesmo instante estava morrendo. Imóvel aos pés do catre, eu o vi tatear algo no lençol, e como se não encontrasse, cravar devagar as unhas. Vi-o abrir a boca, mover lentamente a cabeça e fixar os olhos com algum assombro em um canto do teto, e lá deter o olhar até agora, fixo no teto de zinco por toda a eternidade.

Morto! No breve tempo de dez minutos eu havia saído assobiando de casa para consolar ao pusilânime juiz que fazia bochechos de cachaça entre dor de dentes e ataque de asma, e voltava com os olhos duros pela efígie de um homem que havia esperado logo a minha presença para confiar-me o espetáculo de sua morte.

Eu sofro muito vivamente estas impressões. Quantas vezes pude fazê-lo, evitei olhar um cadáver. Um morto é para mim algo muito diferente de um corpo que acaba simplesmente de perder a vida. É outra coisa, uma matéria horrivelmente inerte, amarela e gelada, que recorda terrivelmente alguém que conhecemos. Será compreendido assim o meu desgosto diante do brutal e gratuito quadro com que me havia honrado o desconfiado juiz.

Fiquei o resto da manhã em casa, ouvindo o ir e vir dos cavalos a galope; e muito tarde já, perto do meio-dia, vi passar em uma charrete, puxada a grande trote por três mulas, Elena e seu pai que iam de pé saltando agarrados ao balaústre.

Ignoro ainda por que a polaquinha não acudiu antes para ver seu defunto marido. Talvez seu pai haja assim disposto as coisas para fazê-las a contento: viagem de ida com a viúva na charrete, e regresso na mesma com o morto chacoalhando no fundo. Gastava-se menos dessa maneira.

Isto eu vi bem quando na volta Coração de Ouro deteve a charrete para descer em casa e falar-me movendo os braços.

— Ah, meu senhor! Que coisa! Nunca tivemos em Misiones um juiz como ele. E era bom, sim! E tinha um coração de ouro! E roubaram tudo dele. Aqui no porto... não tem dinheiro, não tem nada.

Diante de seus olhares que evitavam encarar meus olhos, compreendi a terrível preocupação do polaco que descartava como nós a história do roubo em Buenos Aires, por crer que no próprio porto, antes ou depois de morto, seu genro haveria sido roubado.

— Ah, meu senhor! — chacoalhava a cabeça. — Tinha quinhentos pesos. E o que gastou? Nada, senhor! Ele tinha um coração de ouro! E sobraram vinte pesos agora. Como pode ser isso?

E tornava a fixar o olhar em minhas botas para não subi-lo até os bolsos da calça, onde podia estar o dinheiro de seu genro. Fiz que ele visse, a meu modo, a impossibilidade de que fosse eu o ladrão — por pura falta de tempo — e a velha fuinha foi embora falando sozinha.

Todo o resto desta história é um pesadelo de dez horas. O enterro devia acontecer nessa mesma tarde ao pôr do sol. Pouco antes veio à minha casa a filha mais velha de Elena para rogar-me de parte de sua mãe que eu fosse tirar um retrato do juiz. Eu não conseguia afastar de meus olhos o homem deixando a mandíbula cair e fixando à perpetuidade o olhar em um canto do teto, para que eu não tivesse dúvidas de que ele não podia mais mover-se porque estava morto. E eis que devia vê-lo de novo, reconsiderá-lo, focá-lo e revelá-lo em minha câmera escura.

Mas como privar Elena do retrato de seu marido, o único que teria dele?

Carreguei a máquina com duas placas e me encaminhei à casa mortuária. Meu carpinteiro caolho tinha construído um caixão todo em ângulos retos, e dentro estava metido o juiz, sem que sobrasse um só centímetro na cabeça ou nos pés, as mãos verdes cruzadas à força sobre o peito.

Foi preciso retirar o ataúde do quarto muito escuro do juizado e colocá-lo quase na vertical no corredor cheio de gente, enquanto dois peões o seguravam pela cabeceira. De modo que sob o véu negro tive que embeber meus nervos superexcitados naquela boca entreaberta mais negra quanto mais ao fundo, pior do que a própria morte; na mandíbula retraída até deixar o espaço de um dedo entre os dentes; nos olhos de vidro opaco sob as pestanas viscosas e inchadas; em toda a crispação daquela brutal caricatura de homem.

A tarde já caía e o caixão apressadamente foi pregado. Porém não sem que antes víssemos Elena vir trazendo à força seus filhos para que beijassem o pai. O menino mais novo resistia aos gritos, arrastado pelo chão. A menina beijou o pai, mesmo que sustentada e empurrada pelas costas; mas com um tal horror diante daquela horrível coisa em que queriam que enxergasse a seu pai que, a estas horas, se ela ainda viver, deve recordá-lo com o mesmo horror.

Eu não pensava em ir ao cemitério, e o fiz por Elena. A pobre garota seguia imediatamente depois da charrete entre os filhos; arrastando de uma mão o garoto que gritou o caminho todo, e carregando no outro o bebê de oito meses. Como o trajeto era longo e as mulas quase trotavam, mudou-o várias vezes de braço com a mesma rapidez. Atrás, Coração de Ouro percorria o séquito choramingando com cada um pelo roubo ocorrido.

O caixão foi baixado à tumba recém aberta e povoada de gordas formigas que subiam pelas paredes. Os vizinhos contribuíram com o trabalho dos coveiros com um punhado de terra úmida, não faltando quem pusesse nas mãos da órfã um caritativo punhado de terra. Elena porém, que ninava desgrenhada a seu filho, correu desesperada para evitar:

— Não, Elenita! Não jogo terra no seu pai!

A fúnebre cerimônia terminou; menos para mim. Deixava as horas passarem sem decidir-me a entrar no quarto escuro. Finalmente entrei, talvez à meia-noite. Não havia nada de extraordinário para uma situação normal de nervos calmos. Somente que eu deveria reviver o indivíduo já enterrado que eu via por toda parte; devia encerrar-me com ele, sozinhos os dois em uma fortíssima treva; eu o senti surgindo pouco a pouco diante de meus olhos e entreabrindo sua boca negra sob meus dedos molhados; tive de chacoalhá-lo na vasilha para que despertasse de lá debaixo da terra e se gravasse diante de mim na outra placa sensível do meu horror.

Terminei, entretanto. Ao sair, a noite aberta deu-me a impressão de um amanhecer carregado de motivos de vida e de esperança de que eu havia esquecido. A dois passos de mim, as bananeiras carregadas de flores deixavam cair sobre a terra as gotas de suas grandes folhas pesadas de umidade. Ao longe, depois da ponte, a mandioca brava se erguia por fim erétil, perolada de orvalho. Mais ao longe ainda, pelo vale que descia até o rio, uma vaga névoa envolvia a plantação de mate, se erguia sobre o bosque, para confundir-se lá embaixo com os espessos vapores que subiam do Rio Paraná morno.

Tudo isso me era bem conhecido, pois era minha vida real. E caminhando de um lado a outro, esperei tranquilo o dia para recomeçá-la.

Os destiladores de laranja

O homem apareceu numa tarde, sem que ninguém soubesse como nem de onde veio. Foi visto em todos os botecos de Iviraromí, bebendo como não havia se visto ninguém beber, exceto Rivet e Juan Brown. Vestia bombachas de soldado paraguaio, sapatos sem meias e uma sebosa boina branca caída sobre o olho. Além de beber, o homem não fez outra coisa senão contar vantagens sobre sua bengala — um lenhoso cajado descascado — que oferecia a todos os peões para que tentassem quebrá-lo. Um a um os peões puseram à prova sobre os blocos de pedra o cajado milagroso que, de fato, resistia a todos os golpes. Seu dono, recostado no balcão com as pernas cruzadas, sorria satisfeito.

No dia seguinte, o homem foi visto à mesma hora e nos mesmos botecos, com sua famosa bengala. Desapareceu logo, até que um mês depois foi visto no bar, avançando rumo ao crepúsculo por entre as ruínas, em companhia do químico Rivet. Mas, desta vez, soubemos quem era ele.

Por volta de 1900, o governo do Paraguai contratou um bom número de sábios europeus, de professores universitários a industriais. Para organizar seus hospitais, o Paraguai solicitou os serviços do doutor Else, jovem e brilhante biólogo sueco que naquele novo país encontrou campo aberto para sua grande força de ação. Dotou em cinco anos os hospitais e seus laboratórios de uma organização que em vinte anos não teriam conseguido outros tantos profissionais. Em seguida, seus brios adormecem. O ilustre sábio paga ao país tropical pesado tributo que queima como em álcool a atividade de tantos estrangeiros, e a decadência já não se detém. Durante quinze ou vinte anos nada se sabe dele. Até que por fim, o encontramos em Misiones, com suas bombachas de soldado e sua boina meio caída, exibindo como única e final aspiração de sua vida a comprovação para todos da resistência de sua bengala.

Este é o homem cuja presença convenceu o aleijado a realizar o sonho de seus últimos meses: a destilação alcoólica da laranja.

O aleijado, que já conhecemos como Rivet em outro relato, tinha simultaneamente no cérebro três projetos para enriquecer, e um ou dois para se divertir. Jamais havia tido um centavo ou um bem particular, e ainda lhe faltava um braço que havia perdido em Buenos Aires com uma manivela de carro. Mas com seu único braço, duas mandiocas cozidas e o soldador debaixo do coto, considerava-se o homem mais feliz do mundo.

— O que é que me falta? — costumava dizer com alegria, agitando seu único braço.

Seu orgulho, na verdade, consistia em um conhecimento mais ou menos profundo de todas as artes e ofícios, na sua sobriedade ascética e em dois tomos de *L'Enciclopedie*. Fora isso, o seu eterno otimismo e o seu soldador, não possuía mais nada. Mas sua pobre cabeça era, pelo contrário, uma marmita fumegante de ilusões, onde os inventos industriais fervilhavam com mais frenesi que as mandiocas de sua panela. Como seus meios não alcançavam para aspirar a grandes coisas, planejava sempre pequenas indústrias para o consumo local, ou dispositivos assombrosos para transportar água por filtração, do pântano do Horqueta até sua casa.

No período de três anos, o aleijado havia ensaiado sucessivamente a produção de quirela, sempre escassa na localidade;

de mosaicos de piche e pedrisco; de torrões de amendoim e mel de abelhas; de resina de incenso por destilação seca; de casca de bergamota cristalizada, cujas amostras tinham enlouquecido a gula dos peões; de tintura de ipê, precipitada por potássio; e de óleo essencial de laranja, empresa em cujo estudo o encontramos absorvido quando Else apareceu em seu horizonte.

É preciso observar que nenhuma das empresas anteriores havia enriquecido seu inventor, pela simples razão de que nunca chegaram a se concretizar.

— O que é que me falta? — repetia contente, agitando o coto.
— Duzentos pesos. Mas de onde é que vou tirar duzentos pesos?

Seus inventos, é claro, não prosperavam pela falta destes míseros pesos. E sabe-se bem que é mais fácil conseguir em Iviraromí outro braço, do que dez pesos emprestados. Mas o homem não perdia nunca seu otimismo, e de seus reveses brotavam, ainda mais loucas, novas ilusões para novas indústrias.

A fábrica de essência de laranja foi, entretanto, uma realidade. Chegou a ser instalada de um modo tão inesperado como a aparição de Else, sem que para isso se houvesse visto o aleijado perambular mais do que o de costume. O aleijado não tinha nenhum material mecânico além de cinco ou seis ferramentas essenciais, além de seu soldador. As peças todas de suas máquinas saíam da casa de um, do galpão de outro, como as pás de sua roda Pelton, para cuja confecção utilizou todas as conchas velhas das imediações. Tinha que correr sem descanso atrás de um metro de cano ou uma placa oxidada de zinco, que ele, com seu único braço e com a ajuda do coto, torcia, retorcia, soldava com sua enérgica fé de otimista. Assim sabemos que a bomba de sua caldeira proveio de um pistão de um velho trenzinho de brinquedo, que o aleijado conseguiu conquistar de seu infantil proprietário, contando-lhe cem vezes a história de como perdeu o braço, e que os pratos do alambique (seu alambique não tinha o vulgar sistema de refrigeração por serpentinas, mas um de grande estilo, de pratos) nasceram das placas de zinco puro que um naturalista usava para fabricar tambores para guardar cobras.

Mas o mais engenhoso de sua nova empresa era a prensa para extrair o suco da laranja. Consistia num barril perfurado com pregos de três polegadas que girava ao redor de um eixo horizontal de madeira. Dentro desse mecanismo as laranjas giravam, tropeçavam com os pregos e se desfaziam aos pulos; até que, transformadas numa polpa amarela mergulhada em óleo, iam para a caldeira.

O único braço do aleijado valia no tambor meio cavalo de força — mesmo em pleno sol de Misiones — e sob a grossíssima e negra camiseta de marinheiro que o aleijado não abandonava nem no verão. Mas como a ridícula bomba de brinquedo requeria manutenção quase contínua, o destilador solicitou ajuda de um curioso que desde os primeiros dias passava as horas de longe observando a fábrica, meio escondido detrás de uma árvore.

Chamava-se este curioso Malaquías Ruvidarte. Era um molecote de uns vinte anos, brasileiro e perfeitamente negro, a quem supúnhamos virgem — e realmente o era — e que tendo ido a cavalo numa manhã para se casar em Corpus, voltou depois de três dias, durante a noite cerrada, bêbado e com duas mulheres no colo.

Vivia com a avó numa construção curiosíssima, um amontoado de latas de querosene, e que o negro harpista ia ampliando e modificando de acordo com as novidades arquitetônicas que percebia nos três ou quatro chalés que então estavam sendo construídos. A cada novidade, Malaquías acrescentava ou erguia uma nova ala a seu edifício, em muito menor escala. Ao ponto em que as galerias de seus chalés de altura tinham cinquenta centímetros de luz, e pelas portas só passava um cachorro. Mas o negro satisfazia assim suas aspirações de artista, surdo às gozações de sempre.

Tal artista não era o tipo de ajudante que se contentasse com duas mandiocas de que precisava o aleijado. Malaquías deu voltas em torno do tambor uma manhã inteira sem dizer uma só palavra, de tarde não voltou mais. E na manhã seguinte já estava outra vez instalado espiando detrás da árvore.

Resumamos esta fase: o aleijado obteve amostras de óleo essencial de laranja doce e ácida, que conseguiu remeter a Buenos Aires. Daqui o informaram que sua essência não poderia concorrer com a similar importada, por causa da alta temperatura na qual tinha sido obtida. Que só com novas amostras por pressão poderiam entender-se com ele, dadas as deficiências da destilação etc. etc.

Nem por isso o aleijado desanimou.

— Mas é o que eu dizia! — nos contava a todos alegremente, segurando o coto às costas. — Não se consegue nada a fogo direto! E o que é que eu vou fazer com a falta de dinheiro!?

Outro qualquer, com mais dinheiro e menos generosidade intelectual que o aleijado, teria apagado o fogo de seu alambique. Mas enquanto olhava melancólico sua máquina remendada, na qual cada peça eficiente havia sido substituída por outra sucedânea, o aleijado pensou logo que o cáustico barro amarelado que vertia do tambor podia servir para fabricar álcool de laranja. Ele não era bom em fermentação; mas havia vencido dificuldades maiores em sua vida. E além do mais, Rivet o ajudaria.

Foi neste momento preciso que o doutor Else fez sua aparição em Iviraromí.

***

O aleijado havia sido o único indivíduo da região que, como havia acontecido com Rivet, respeitou também o novo decadente. Pese o abismo em que haviam estado um e outro, o devoto da grande *Enciclopedie* não poderia esquecer o que ambos ex-homens haviam sido um dia. Quantas troças (e quão duras daqueles analfabetos de rapina!) foram feitas para o aleijado sobre seus dois ex-ho-mens, elas sempre o encontraram de pé.

— A perdição deles foi a cachaça — respondia com seriedade sacudindo a cabeça. — Mas eles sabem muito.

Devemos mencionar aqui um incidente que não facilitou o respeito local pelo ilustre médico.

Nos primeiros dias de sua presença em Iviraromí, um homem havia chegado ao balcão do bar e pediu a ele um remédio para sua mulher que sofria de tal ou qual doença. Else o escutou com suma atenção, e voltando-se à caderneta de papel de embrulho sobre o balcão, começou a receitar com a mão terrivelmente pesada. O lápis se quebrava. Else começou a rir, mais pesadamente ainda, e rasgou o papel, sem que se pudesse obter dele mais uma só palavra.

— Eu não entendo nada disso! — repetia-se.

O aleijado foi mais feliz quando acompanhando-o nesta mesma tarde até o Horqueta, sob um céu branco de calor, consultou-o sobre as probabilidades de aclimatar a levedura de cana ao caldo de laranja; em quanto tempo se poderia aclimatá-la, e em que porcentagem mínima.

— Rivet conhece isso melhor que eu — resmungou Else.

— Contudo — insistiu o aleijado. — Eu me lembro bem de que os sacaromices iniciais...

E o bom aleijado desandou a falar a seu gosto.

Else, com a boina sobre o nariz para fazer frente à reverberação, respondia com breves observações, e a contragosto. O aleijado deduziu delas que não devia perder tempo aclimatando levedura nenhuma de cana, porque não obteria nada além de cana, nem a um por cem mil. Que deveria esterilizar seu caldo, fosfatá-lo bem, e colocá-lo em movimento com levedura de Borgonha, pedida a Buenos Aires. Podia aclimatá-la, se quisesse perder tempo; mas não era indispensável...

O aleijado trotava a seu lado, repuxando a gola da camiseta de entusiasmo e calor.

— Mas sou feliz! — dizia. — Já não me falta mais nada!

Pobre aleijado! Faltava-lhe precisamente o indispensável para fermentar suas laranjas: oito ou dez bordalesas vazias, que naqueles dias de guerra valiam mais pesos do que o que ele poderia ganhar em seis meses, soldando dia e noite.

Começou, entretanto, a passar dias inteiros de chuva nos armazéns dos produtores de erva-mate, transformando latas vazias de gasolina em vasilhames de gordura queimada ou apodrecida para alimento dos peões; e a trotar por todos os bares a procura dos barris mais velhos que já não servissem para nada. Mais tarde Rivet e Else — tratando-se de álcool a noventa graus —, o ajudariam com toda certeza...

Rivet o ajudou, com efeito, na medida de suas forças, pois o químico nunca havia sabido pregar um prego. O aleijado só abriu, desarmou, raspou e queimou uma após outra as velhas bordalesas com meio dedo de sedimento violeta em cada aduela — tarefa simples em comparação com a de montar de novo os tonéis, a qual o aleijado cumpria com seu braço e quarto depois de intermináveis horas de suor.

Else havia já contribuído com a indústria com quanto se sabe hoje mesmo sobre o fermento; mas quando o aleijado pediu-lhe que dirigisse o processo de fermentação, o ex-sábio começou a rir, levantando-se.

— Eu não entendo nada disso! — disse colocando sua bengala debaixo do braço. E saiu caminhando por aí, mais loiro, mais satisfeito e mais sujo que nunca.

Tais passeios constituíam a vida do médico. Em todas as picadas ele era visto com seus sapatos sem meias e seu ar eufórico. E além de beber todos os dias nos botecos, das onze às seis, não fazia mais nada. Nem frequentava o bar, diferenciando-se nisso de seu colega Rivet. Mas, por outro lado, era comum encontrá-lo a cavalo às altas horas da noite, agarrado às orelhas do animal, a quem chamava de mãe ou pai, às gargalhadas. Passeava assim horas inteiras aos trancos, até finalmente cair e rolar de rir.

Apesar desta vida fútil, havia algo capaz de arrancar este ex-homem de seu limbo alcoólico; e isso descobrimos uma vez em que — para a grande surpresa de todos — Else mostrou-se no povoado caminhando rapidamente, sem olhar para ninguém. Nessa tarde chegava sua filha, professora em Santo Pipó, e que vinha visitar o pai duas ou três vezes por ano.

Era uma garotinha magra e vestida de preto, de aspecto doentio e olhar hostil. Esta, ao menos, foi nossa impressão quando ela passou pelo povoado com o pai em direção ao Horqueta. Mas segundo o que deduzimos dos relatórios do aleijado, aquela expressão de professorinha era apenas para nós, motivada pela degradação em que seu pai havia caído, a qual assistíamos dia após dia.

O que depois se soube confirma esta hipótese. A garota era bem triguenha e não se parecia em nada ao médico escandinavo. Talvez não fosse filha dele: ao menos foi o que ele sempre acreditou. Seu modo de agir com ela confirmava isso, e só Deus sabe como ele a maltratava, e como aquela abandonada criança conseguiu formar-se como professora, e ainda continuar gostando do pai. Não podendo tê-lo a seu lado, ela viajava para vê-lo, onde quer que ele estivesse. E o dinheiro que o doutor Else gastava com a bebida, provinha do salário da professorinha.

O ex-homem, entretanto, conservava ainda um último pudor: não bebia na presença da filha. E este sacrifício no altar de uma menina que ele nem considerava sua, acusa fermentos mais ocultos que os das reações ultracientíficas do pobre aleijado.

Durante quatro dias, nesta ocasião, o médico não foi visto em parte alguma. Embora quando apareceu outra vez pelos botecos estivesse mais bêbado do que nunca, era possível notar pelos remendos em toda sua roupa a obra da filha.

Desde então, cada vez que se via Else lúcido e sério, andando rápido em busca de farinha e gordura, todos dizíamos:

— Por estes dias deve chegar a filha.

***

Enquanto isso, o aleijado continuava trepado soldando telhados de luxo e, nos dias livres, raspando e queimando aduelas de barril.

Não era só isso: como neste ano as laranjas haviam amadurecido mais cedo pelas fortíssimas geadas, o aleijado teve também que pensar na temperatura da bodega, para que o frio noturno, forte ainda em outubro, não atrapalhasse a fermentação. Teve então que forrar por dentro seu rancho com feixes de palha descabelada, de modo tal que aquilo parecia uma hirsuta e agressiva escova. Teve que instalar um aparelho de calefação cujo lar era um tambor de acaricina, e cujos tubos de bambu davam voltas por entre as palhas das paredes, como uma grossa serpente amarela. E teve que alugar — com harpista e tudo, por conta do álcool futuro — o carrinho de rodas maciças do negro Malaquías, que deste modo voltou a prestar serviços ao aleijado, transportando para ele laranjas da mata com seu mutismo habitual e a melancólica lembrança de suas duas mulheres.

Um homem comum teria se rendido no meio do caminho. O aleijado não perdia um instante sua alegre e suada fé.

— Mas já não nos falta mais nada! — repetia fazendo dançar junto com o braço inteiro seu coto otimista. — Vamos fazer uma fortuna com isso!

Uma vez aclimatada a levedura de Borgonha, o aleijado e Malaquías passaram a encher as cubas. O negro partia as laranjas com um golpe de facão, e o aleijado as despedaçava entre seus dedos de ferro; tudo com a mesma velocidade e o mesmo ritmo, como se o facão e a mão estivessem unidos pela mesma biela.

Rivet às vezes os ajudava, apesar de seu trabalho consistir em ir e vir febrilmente do coador de sementes até os barris, a modo de supervisor. Quanto ao médico, ele contemplava com atenção estas diversas operações, com as mãos metidas nos bolsos e a bengala sob a axila. E diante do convite para prestar ajuda, começou a rir, repetindo como sempre:

— Eu não entendo nada destas coisas!

E foi caminhar de um lado para o outro na frente do caminho, detendo-se em cada extremo para ver se vinha alguém.

Não fizeram os destiladores durante estes duros dias nada além de cortar e cortar, e despedaçar e despedaçar laranjas sob um sol escaldante — cristalizados de suco da barba até os pés. Mas quando os primeiros barris começaram a alcoolizar-se em uma fermentação tal que projetava a dois dedos sobre o nível uns respingos de cor de topázio, o doutor Else evoluiu para a caldeira, onde o aleijado abria a gola da camisa com entusiasmo.

— E pronto! — dizia. — O que é que nos falta agora? Só uns pesos mais, e vamos ficar ricos!

Else tirou uma por uma as coberturas de algodão dos barris, e aspirou com o nariz na abertura o delicioso perfume do vinho laranja em formação, perfume cujo penetrante frescor não se encontra em nenhum outro caldo de fruta. O médico logo levantou os olhos às paredes, ao revestimento amarelo de ouriço, ao encanamento de cobra que se desenrolava escurecendo-se entre as palhas em um vapor de ar vibrante —, e sorriu um momento com gravidade. Mas desde então não se afastou mais das proximidades da fábrica.

Mais ainda, começou a passar a dormir lá. Else morava em uma chácara do aleijado, às margens do Horqueta. Omitimos esta opulência do aleijado, pela razão de que o governo nacional chama de chácaras aos lotes de 25 hectares de mata virgem ou de brejo que vende ao preço de 75 pesos por lote, pagáveis em seis anos.

A chácara do aleijado consistia em um banhado solitário onde não havia mais que um ranchinho isolado entre uma capoeira de cinzas e lobos entre o matagal. Só isso. Nem sequer folhagens na porta do rancho.

O médico instalou-se pois, na fábrica das ruínas, capturado pelo *bouquet* nascente do vinho de laranja. E apesar de sua ajuda ter sido a que conhecemos, nas noites seguintes, a cada vez que o aleijado acordava para vigiar a calefação, sempre encontrava Else alimentando o fogo. O médico dormia pouco e mal; e passava a noite acocorado diante da lata de acaricina, tomando mate e laranjas escaldadas nas brasas do forno.

A conversão alcoólica das cem mil laranjas finalmente terminou, e os destiladores se encontraram diante de oito bordalesas de um vinho bem fraco, sem dúvida, mas cuja gradação lhes assegurava mesmo assim cem litros de álcool a 50 graus, minimamente forte para o que requeria o paladar local.

As aspirações do aleijado eram também locais; mas um especulador como ele, a quem preocupava já a localização dos transformadores de corrente no futuro cabo elétrico do Iguazú a Buenos Aires, não poderia esquecer o aspecto puramente ideal de seu produto.

Em consequência, cavalgou dias em busca de alguns frascos de cem gramas para enviar amostras a Buenos Aires, e aprontou uma amostras, que alinhou no banco para serem enviadas nessa mesma tarde pelo correio. Mas quando voltou para buscá-las, não as encontrou, e sim o doutor Else, sentado à beira do caminho, satisfeitíssimo de si e com a bengala entre as mãos —, incapaz de um só movimento.

A aventura repetiu-se uma e outra vez, ao ponto de que o pobre aleijado desistiu definitivamente de analisar seu álcool; o médico, vermelho, lacrimejante e resplandecente de euforia, era a única coisa que encontrava.

Nem assim o aleijado perdia sua admiração pelo ex-sábio.

— Mas se ele bebe tudo! — nos confiava de noite no bar. — Que homem! Não me deixa nenhuma amostra!

Faltava ao aleijado tempo para destilar com a lentidão necessária, e igualmente para eliminar a fleuma de seu produto. Seu álcool sofria assim dos mesmos problemas que as suas essências, o mesmo odor viroso, e o mesmo sabor cáustico. Aconselhado por Rivet, transformou em *bitter* aquele aguardente impossível, apenas com o recurso da bergamota — e alcaçuz, por conta da espuma.

Com este aspecto definitivo o álcool de laranja entrou no mercado. No que diz respeito ao químico e a seu colega, eles o tomavam sem aditivos, tal como pingava dos pratos do alambique com seus venenos cerebrais.

***

Numa destas sestas escaldantes, o médico foi encontrado deitado de costas ao longo do desamparado caminho ao porto velho, rindo-se com o sol a pino.

— Se a professorinha não chegar um dia destes — nos dissemos —, ela vai ter trabalho para descobrir onde foi que morreu o pai.

Precisamente uma semana depois soubemos pelo aleijado que a filha de Else chegava convalescente de gripe.

— Com a chuva que está se armando — pensamos outra vez —, a garota não vai melhorar grande coisa no banhado do Horqueta.

Pela primeira vez, desde que estava conosco, ninguém viu o médico com passos firmes e apressados pela iminente chegada da filha. Uma hora antes de aportar a lancha ele foi ao porto pelo caminho das ruínas, na carroça do harpista Malaquias, cuja égua, mesmo marcando passo, arfava exausta com as orelhas molhadas de suor.

O céu denso e lívido, como paralisado de gravidade, não pressagiava nada de bom, após um mês e meio de seca. Ao chegar a lancha, com efeito, começou a chover. A professorinha adoentada pisou na margem ensopada debaixo d'água; subiu debaixo d'água na carroça, e debaixo d'água fez com seu pai todo o trajeto, a ponto de que quando chegaram à noite ao Horqueta não se ouvia no solitário brejo nem o uivo do lobo, e sim o surdo crepitar da chuva no quintal de terra do rancho.

A professorinha não teve desta vez necessidade de ir até o banhado para lavar as roupas do pai. Choveu toda noite e todo o dia seguinte, sem mais descanso que a trégua aquosa do crepúsculo, à hora em que o médico começava a ver estranhos predadores presos às costas de suas mãos.

O homem que já conversou com as coisas estendido de costas ao sol pode ver seres imprevisíveis ao suprimir de repente o sustento de sua vida. Rivet, antes de morrer um ano mais tarde com seu litro de álcool carburado de lamparinas, teve certamente suas fantasias desta natureza cravadas diante dos olhos. A diferença é que Rivet não tinha filhos; e o horror de Else consistiu precisamente em ver, ao invés de sua filha, uma monstruosa ratazana.

O que viu primeiro foi uma grande, enorme centopeia que dava voltas pelas paredes. Else ficou sentado com o olhar fixo naquilo, e a centopeia desvaneceu. Mas quando ele baixou a vista, viu-a novamente subindo arqueada por entre seus joelhos, com o ventre e as patas formigantes roçando nele — subindo, subindo interminavelmente. O médico estendeu as mãos para frente, e seus dedos apertaram o vazio.

Sorriu pesadamente: ilusão... nada mais que ilusão...

Mas a fauna do *delirium tremens* é muito mais lógica do que o sorriso de um ex-sábio, e tem por hábito escalar obstinadamente pelas calças, ou surgir bruscamente dos cantos.

Durante longas horas, diante do fogo e com a cuia de mate inerte na mão, o médico teve consciência de seu estado. Viu, arrancou e desenredou tranquilo mais cobras do que as que se pode pisar em sonhos. Conseguiu ainda ouvir uma doce voz que dizia:

— Papai, estou meio desarranjada... Vou um pouquinho lá fora.

Else tentou ainda sorrir para uma besta que havia irrompido de repente no meio do rancho, lançando horríveis alaridos, e se ergueu finalmente aterrorizado e arfante. Estava em poder da fauna alcoólica.

Das trevas começavam já a mostrar o focinho incontáveis feras. Do teto se desprendiam também coisas que ele não queria ver. Todo seu terror transpirado estava agora concentrado na porta, naqueles focinhos pontiagudos que apareciam e se escondiam com velocidade vertiginosa.

Algo como dentes e olhos assassinos de uma imensa ratazana se deteve por um instante no portal, e o médico, sem afastar o olhar dela, agarrou um pesado lenho: A fera, adivinhando o perigo, havia se escondido.

Pelos lados do ex-sábio, por trás, fincavam-se em suas calças coisas que subiam. Mas o homem com os olhos desorbitados, não via senão a porta e os focinhos fatais.

Por um instante, o homem acreditou distinguir em meio ao crepitar da chuva, um ruído mais abafado e nítido. De repente, a monstruosa ratazana surgiu na porta, deteve-se um momento a olhá-lo, e avançou finalmente contra ele. Else, enlouquecido de terror, atirou sobre ela o lenho com todas suas forças.

Diante do grito que se sucedeu, o médico voltou bruscamente a si como se a vertiginosa tela de monstros tivesse sido aniquilada com o golpe, no mais atroz silêncio. Entretanto o que jazia aniquilado a seus pés não era a ratazana assassina, e sim sua filha.

Sensação de água gelada, calafrio por toda a medula; nada disto basta para dar a impressão de um espetáculo de semelhante natureza. O pai teve um resto de força para levantar nos braços a moça e estendê-la no catre. E ao apreciar com um só olhar no ventre o efeito irremediavelmente mortal do golpe recebido, o desgraçado desabou de joelhos diante da filha.

Sua filha! Sua filha abandonada, maltratada, rechaçada por ele! Do fundo de vinte anos surgiram numa torrente vergonha, gratidão e amor como nunca havia expressado a ela. Sua filha!

O médico tinha agora o rosto voltado para a doente: nada, nada a esperar daquele semblante fulminado.

A garota acabava entretanto de abrir os olhos, e seu olhar escavado e ébrio já de morte, reconhece por fim o pai. Esboçando então um doloroso sorriso cuja reprovação só o lamentável pai poderia nestas circunstâncias apreciar, murmurou com doçura:

— Pai, o que foi que você fez?...

O médico baixou outra vez a cabeça no catre. A professorinha murmurou outra vez, buscando com a mão a boina do pai:

— Pobre pai... ñão é nada... já estou me sentindo bem melhor... Amanhã eu me levanto e termino tudo... Já estou muito melhor, pai...

A chuva havia cessado; a paz reinava lá fora. Mas, ao fim de um momento, o médico sentiu que a doente fazia em vão esforços para se levantar e, ao levantar o rosto, viu que a filha o olhava com os olhos bem abertos em uma brusca revelação:

— E vou morrer, papai!...

— Filha... — murmurou sozinho o homem.

A garota tentou respirar profundamente, sem conseguir.

— Pai, eu estou morrendo! Pai, me escuta... uma vez na vida! Para de beber, pai... Sua filha...

....

Depois de um instante — um tempo interminável — o médico levantou-se e foi cambaleando sentar-se outra vez no banco, mas não sem afastar antes com as costas da mão um animal do assento, porque já a rede de monstros se entretecia vertiginosamente.

Ouviu ainda uma voz do além-túmulo:

— Para de beber, papai!...

O ex-homem teve ainda tempo de deixar caírem ambas as mãos sobre as pernas, em um desabar e uma renúncia mais desesperada que o mais desesperado dos soluços de que já não era capaz. E diante do cadáver de sua filha, o doutor Else viu outra vez se achegarem à porta os focinhos das feras que voltavam para um ataque final.

O AMBIENTE

O regresso de Anaconda

Quando Anaconda, em cumplicidade com os elementos nativos do trópico, meditou e planejou reconquistar o rio, acabava de completar trinta anos.

Era então uma jovem serpente de dez metros na plenitude de seu vigor. Não havia em seu vasto campo de caça, onça ou cervo capaz de resistir respirando a um abraço seu. Sob a contração de seus músculos toda vida escorria, debilitada até a morte. Ante o agitar-se do capim que denunciava a passagem da grande serpente faminta, o juncal, todo ao redor, eriçava-se aterrado. E quando, ao crepúsculo, nas horas mansas, Anaconda banhava no rio de fogo os seus dez metros de escuro veludo, uma aura de silêncio a circundava.

Mas nem sempre a presença de Anaconda desalojava defronte de si a vida, como um gás mortífero. Sua expressão e movimentos de paz, imperceptíveis para o homem, denunciavam sua presença de muito longe para os animais. Deste modo:

— Bom-dia — dizia Anaconda aos jacarés, ao passar pelos charcos.

— Bom-dia — respondiam mansamente os animais ao sol, quebrando arduamente com as pestanas arredondadas o barro que as soldava.

— Hoje vai fazer muito calor! — cumprimentavam os macacos trepados nas árvores, ao reconhecer na flexão dos arbustos a grande serpente deslizando.

— Pois é, muito calor... — respondia Anaconda, arrastando consigo o tagarelar e as cabeças viradas dos macacos, não de todo tranquilos.

Porque macaco e cobra, pássaro e serpente, rato e víbora são conjunções fatais que apenas o pavor dos grandes furacões e a fadiga das intermináveis secas conseguem retardar. Somente a adaptação de ambos a um mesmo meio, vivido e propagado desde o remoto e imemorial passado da espécie, pode se sobrepor, nos grandes cataclismos, a esta fatalidade da fome. Assim, diante de uma grande estiagem, as angústias do flamingo, das tartarugas, dos ratos e das anacondas, formarão um mesmo e desolado lamento por uma gota de água.

Quando encontramos nossa Anaconda, a selva achava-se próxima de precipitar em sua miséria esta sombria fraternidade.

Nos últimos dois meses não troava a chuva sobre as folhas empoeiradas. O próprio orvalho, vida e consolo da flora abrasada, havia desaparecido. Noite após noite, de um crepúsculo a outro, o país continuava secando-se como se todo ele fosse um forno. Do que havia sido o leito de frescos arroios restavam apenas pedras lisas e abrasadoras; e os estuários densíssimos de águas negras e aguapés, encontravam-se transformados em deserto de argila marcado por rastros duríssimos entrecobertos por uma rede de filamentos desfiados como estopa, e que era quanto restava da grande flora aquática. Por toda margem do bosque, os cactos, erguidos como candelabros, apareciam agora envergados rente à terra, com seus braços caídos ante a extrema secura do solo, tão duro que ressoava ao menor golpe.

Os dias, um após o outro, deslizavam-se esfumaçados pela bruma das distantes queimadas, sob o fogo de um céu branco ofuscante, e através do qual movia-se um sol amarelo e sem raios que, ao chegar a tarde, começava a cair envolto em vapores como uma enorme brasa asfixiada.

Pelas particularidades de sua vida errante, Anaconda, mesmo que o quisesse, não teria sentido muito os efeitos da seca. Para além da lagoa e seus banhados secos, no sentido do sol nascente, estava o grande rio natal, o Paranahyba refrescante, que poderia alcançar em meia jornada.

Mas a serpente já não ia a seu rio. Antes, até onde alcançava a memória de seus antepassados, o rio havia sido seu. Águas, cachoeiras, lobos, tormentas e solidão, tudo pertencia a ela.

Agora não. Um homem, primeiro com sua miserável ânsia de ver, tocar e cortar, havia emergido de detrás do cabo de areia com sua longa pirágua. Logo outros homens, com outros mais, cada vez mais frequentes. E todos eles sujos de suor, sujos de facões e queimadas incessantes. E sempre subindo o rio, do Sul...

A muitas jornadas dali, o Paranahyba ganhava outro nome, ela sabia muito bem disso. Mais adiante ainda, rumo a esse abismo de água caindo sempre, não haveria um fim, uma imensa restinga atravessada que detivesse as águas eternamente caindo?

De lá, sem dúvida, chegavam os homens, e as carroças, e as mulas soltas que infectam a selva. Se ela pudesse fechar o Paranahyba, devolver-lhe o seu silêncio selvagem, para reencontrar o deleite de antes, quando cruzava o rio assoviando nas noites escuras, com a cabeça a três metros da água vaporosa...!

Sim; criar uma barreira que fechasse o rio...

E de repente pensou nos aguapés.

A vida de Anaconda era ainda curta, mas ela sabia de dois ou três cheias que haviam derramado no Rio Paraná milhões de troncos arrancados, plantas aquáticas e espumosas e capim. Aonde é que teria ido apodrecer tudo aquilo? Que cemitério vegetal seria capaz de conter o deságue de todos os aguapés que uma enchente sem pre-cedentes esvaziara no topo desse abismo desconhecido?

Ela se lembrava muito bem: cheia de 1883; inundação de 1894... E com os onze anos transcorridos sem grandes chuvas, o regime tropical deveria sentir, tal como ela em sua goela, sede de dilúvio.

Sua sensibilidade ofídica à atmosfera eriçava-lhe as escamas de esperança. Sentia o dilúvio iminente. E como outro Pedro Ermitão, Anaconda lançou-se a predicar a cruzada ao longo dos riachos e fontes fluviais.

A seca de seu *habitat* não era, como bem se entende, comum a todo o vale. De modo que, depois de longas jornadas, suas narinas se expandiram diante da densa umidade dos estuários, cheios de vitórias-régias e do vapor de formol das pequenas formigas que amassavam seus túneis sobre elas.

Custou bem pouco a Anaconda convencer os ani-mais. O homem foi, é e será o mais cruel inimigo da selva.

— Bloqueando, então, o rio — concluiu Anaconda depois de expor longamente seu plano —, os homens não poderão chegar até aqui.

— Mas e as chuvas necessárias? — objetaram os ratos d'água, que não podiam esconder as suas dúvidas. – Não sabemos se elas virão!

— É claro que virão! E bem antes do que vocês imaginam! Eu sei o que eu estou falando!

— Ela sabe — confirmaram as cobras. — Ela viveu entre os homens. Ela os conhece.

— Claro que conheço. E sei que basta um aguapé, só um, para carregar à deriva de uma grande cheia o caixão de um homem.

— Acredito... — sorriram suavemente as víboras. — Talvez de dois homens!...

— Ou de cinco... — bocejou uma velha onça do fundo de suas ilhargas. — Mas, diga-me uma coisa — es-preguiçou-se diretamente diante de Anaconda —, você tem certeza de que os aguapés são suficientes para bloquear o rio? Eu pergunto só por perguntar.

— Claro que não bastam os daqui, nem todos os que possam se desprender em duzentas léguas em torno... Mas eu lhe confesso que você acabou de fazer a única pergunta capaz de me inquietar. Não, companheiros! Todos os aguapés da bacia do Paranahyba e do Rio Grande, com todos os seus afluentes, não bastariam para formar uma barreira de dez léguas de largura através do rio. Se eu só contasse com eles, faz tempo que eu já teria me espichado aos pés do primeiro caipira com um facão... Mas tenho grandes esperanças de que as chuvas sejam gerais e que inundem também a bacia do Paraguay. Vocês nunca viram... É um tremendo rio. Se chover lá, como certamente choverá aqui, nossa vitória é certa. Companheiros: lá há estuários de aguapés que não conseguiríamos percorrer nunca, somando nossas vidas inteiras!

— Muito bem... — concordaram os jacarés preguiçosamente. – Lá é um país lindo... Mas como vamos saber se choveu lá também? Nós temos umas patinhas tão fracas...

— Não, coitadinhos... – sorriu Anaconda, trocando um olhar irônico com as capivaras, sentadas a dez prudentes metros. — Nós não vamos obrigá-los a ir tão longe... Creio que um pássaro qualquer poder vir de lá num voo para nos trazer a boa nova.

— Nós não somos um pássaro qualquer — disseram os tucanos —, e viremos em cem voos, porque voamos muito mal. E não temos medo de ninguém. E viremos voando, porque ninguém nos obriga a isso, e porque queremos fazer assim. E não temos medo de ninguém.

E terminado seu fôlego, os tucanos olharam impávidos a todos, com seus grandes olhos de ouro cercados de azul.

— Somos nós os que temos medo... — guinchou à surdina uma harpia cinzenta torcendo-se de sono.

— Nem de vocês nem de ninguém. Temos o voo curto; mas medo, não — insistiram os tucanos, voltando a fazer a todos de testemunha.

— Bem, bem... — interveio Anaconda, ao ver que o debate se agitava, como eternamente se azedava na selva toda exposição de méritos. — Ninguém tem medo de ninguém, nós já sabemos disso... e os admiráveis tucanos virão, pois, para informar-nos do tempo que reina no vale aliado.

— Nós vamos fazer assim porque queremos; mas ninguém vai nos obrigar a fazer isso — trinaram os tucanos.

A seguir dessa maneira, o plano de luta seria rapidamente esquecido, e Anaconda entendeu isso.

— Companheiros! — ergueu-se com assovio vibrante. — Estamos perdendo nosso tempo inutilmente. Somos todos iguais, mas apenas juntos. Cada um de nós, por si só, não vale grande coisa. Aliados, somos toda a zona tropical. Lancemo-a contra o homem, companheiros! Ele destrói tudo! Não há coisa que ele não corte e suje! Lancemos ao rio nossa floresta inteira, com suas chuvas, sua fauna, seus aguapés, suas febres e suas cobras! Lancemos a mata pelo rio, até bloqueá-lo! Arranquemo-nos todos, desarraiguemo-nos até a morte. Partamos todos, partamos para morrer, se preciso for, mas lancemos o trópico rio abaixo!

A fala das serpentes sempre foi sedutora. A selva excitada, ergueu-se em uma só voz.

— Sim, Anaconda! Você tem razão! Lancemos a selva ao rio! Desçamos, desçamos!

Anaconda finalmente respirou aliviada: a batalha estava ganha. A alma — diríamos — de toda uma zona, com seu clima, sua fauna e sua flora, é difícil de ser tocada; mas quando seus nervos são postos à prova por causa de uma seca atroz, não há então maior certeza que sua resolução benfeitora em um grande dilúvio.

***

Mas em seu *habitat*, ao qual a grande cobra regressava, a seca chegava já a limites extremos.

— E então? – perguntaram os animais angus-tiados. — Eles lá estarão de acordo conosco? Voltará a chover outra vez, diga-nos? Tem certeza, Anaconda?

— Tenho sim. Antes de esta lua terminar ouviremos o troar da água na selva. Água, companheiros, e que não cessará tão logo!

Por esta mágica palavra: água!, a selva inteira clamou, passavam as noites sem sono e sem fome, aspirando como um eco de desolação:

— Água... água...

— Sim, e imensa! Mas não nos precipitemos quando bramir. Contamos com aliados inestimáveis, e eles nos enviarão mensageiros quando chegar o momento. Examinem constantemente o céu, rumo ao noroeste. De lá deverão chegar os tucanos. Quando eles chegarem, a vitória será nossa. Até lá, paciência.

Mas como exigir paciência a seres cuja pele se abria em rachaduras de seca, que tinham os olhos vermelhos pela conjuntivite, e cujo trote vital era agora um arrastar de patas, sem bússola?

Dia após dia, o sol se ergueu sobre o barro de brilho intolerável e se pôs asfixiado em vapores de sangue, sem uma só esperança.

Caída a noite, Anaconda deslizava até o Paranahyba para sentir na sombra o menor estremecimento de chuva que devia chegar sobre as água do implacável Norte. Até a costa, além de tudo, haviam se arrastado os animais menos exaustos. E, todos juntos, passavam as noites sem sono e sem fome, farejando na brisa, como a própria vida, o mais leve cheiro de terra molhada.

Até que uma noite, finalmente, realizou-se o milagre. Inconfundível o vento precursor trouxe para aqueles miseráveis um sutil odor de folhas molhadas.

— Água! Água! — ouviu-se clamar de novo no desolado entorno. E o prazer foi definitivo quando cinco horas depois, ao raiar o dia, ouviu-se no silêncio, longínquo ainda, o surdo troar da selva sob o dilúvio que finalmente se precipitava.

Nessa manhã, brilhou o sol, não amarelo, mas alaranjado, e ao meio dia se escondeu. E a chuva chegou espessa, opaca e branca como prata oxidada, a ensopar a terra sedenta.

Por dez noites e dez dias seguidos, o dilúvio abateu-se sobre a selva flutuando em vapores; e o que fosse clareira de insuportável luz, estendia-se agora até o horizonte em uma inebriante camada líquida. A flora aquática rebrotava em planíssimas balsas verdes que a olhos vistos se dilatavam sobre as águas, até conseguirem juntar-se a suas companheiras. E quando novos dias passaram sem trazer os emissários do noroeste, a inquietude voltou a assaltar os futuros cruzados.

— Eles não virão nunca! — gritavam. — Lancemo-nos, Anaconda! Dentro em pouco será tarde demais. As chuvas estão cessando.

— Mas recomeçarão! Paciência, companheiros! É impossível que não esteja chovendo lá! Os tucanos voam mal; eles mesmos disseram isso. Creio que estão a caminho. Dois dias, no máximo!

Mas Anaconda estava bem longe de ter a fé que aparentava. E se os tucanos houvessem se perdido em meio aos vapores da selva fumegante? E se por uma inconcebível desgraça, o noroeste não houvesse acompanhado o dilúvio do Norte? A meia jornada dali, o Paranahyba troava com as cataratas pluviais que lhe vertiam seus afluentes.

Como que à espera de uma pomba de arca de Noé, os olhos dos animais ansiosos estavam voltados sem cessar ao noroeste, ao céu anunciador de sua grande empreitada. Nada. Até que nas brumas de uma tormenta, molhados e hirtos, os tucanos chegaram grasnando.

— Grandes chuvas! Chuva geral em toda o vale. Tudo branco de água!

E um alarido selvagem atingiu toda a zona.

— Desçamos! O triunfo é nosso! Partamos agora mesmo!

E já era tempo, poderia dizer-se, porque o Paranahyba transbordava até ali mesmo, fora de seu leito. Do rio até a grande lagoa, os banhados eram agora um tranquilo mar, que se agitava com delicados aguapés. Ao Norte, sob a pressão do transbordamento, o verde mar cedia docemente, traçava uma grande curva roçando o bosque, e derivava lentamente rumo ao Sul, sugado pela veloz correnteza.

Era chegada a hora. Diante dos olhos de Anaconda, a região preparada para o assalto desfilou. Vitórias-régias nascidas ontem, e velhos crocodilos avermelhados, formigas e onças; aguapés e cobras; espumas, tartarugas e febres — e o próprio clima diluviano que descarregava outra vez —, a selva passou, aclamando a serpente, rumo ao abismo das grandes cheias.

E quando Anaconda presenciou isso, deixou-se também arrastar flutuando até o Paranahyba onde, enrolada em um cedro arrancado pela raiz que descia girando sobre si mesmo nas correntezas encontradas, suspirou finalmente com um sorriso, fechando lentamente à luz crepuscular seus olhos de vidro.

Estava satisfeita.

***

Começou então a viagem milagrosa rumo ao desconhecido, pois o que quer que pudesse haver atrás das grandes falésias de arenito rosa que muito além do Guayra entrecerram o rio, ela ignorava por completo. Pelo Tacuarí havia chegado uma vez até o vale do Paraguay, segundo vimos. Do Paraná Médio e Inferior nada conhecia.

Serena, entretanto, aos olhos da região, que descia triunfante e dançando sobre as águas encerradas, refrescada de mente e de chuva a grande serpente deixou-se levar enredada sob o dilúvio branco que a fazia adormecer.

Desceu neste estado o Paranahyba natal, entreviu o aplacamento dos rodamoinhos ao vencer o Rio Muerto, e só teve consciência de si quando a selva inteira flutuante, o cedro e ela mesma, foram precipitados através da bruma, ao final do Guayra, cujos saltos em degraus se precipitavam por fim em um plano inclinado abismal. Por longo tempo o rio estrangulado revolveu profundamente suas águas vermelhas. Porém, duas jornadas mais adiante, as altas ribanceiras separavam-se outra vez e as águas, lisas como óleo, sem um único rodamoinho, nenhum rumor, seguiam pelo canal a nove milhas por hora.

No novo país, novo clima. Céu limpo agora e sol radiante, que velavam por poucos instantes os vapores matinais. Como uma serpente bem jovem, Anaconda abriu curiosamente os olhos ao dia de Misiones, em uma confusa e quase desvanecida lembrança de sua primeira juventude.

Voltou a ver a praia, ao primeiro raio de sol, elevar-se e flutuar sobre uma névoa leitosa que pouco a pouco se dissipava, para persistir nas enseadas úmbrias, nos longos chalés presos à popa das canoas molhadas. Voltou aqui a sentir, ao aportar nos grandes remansos das restingas, a vertigem da água à flor do olho, girando em curvas lisas e hipnóticas, que ao ferver de novo ao tropeço da correnteza, borbulhavam encarnadas pelo sangue das palombetas. Viu tarde a tarde o sol recomeçar sua tarefa de soldador, incendiando em leque os crepúsculos, com o centro vibrando ao vermelho branquejante, enquanto lá em cima, no alto céu, brancos cúmulos vagavam solitários, mordidos em todo seu contorno por chispas de fogo.

Tudo lhe era conhecido, mas como se fossem as brumas de um sonho. Sentindo, particularmente à noite, o pulsar quente da inundação que descia com ela, a serpente deixava-se levar à deriva, quando subitamente se enrolou em uma sacudida de inquietação.

O cedro acabava de topar com algo inesperado ou, ao menos, pouco habitual no rio.

Ninguém ignora que tudo o que arrasta, à beira da superfície ou semissubmerso, uma grande cheia. Já várias vezes haviam passado diante da vista de Anaconda, afogados lá no extremo norte, animais desconhecidos para ela, e que se afundavam pouco a pouco, afogados sob um esvoaçante pica-pica de corvos. Havia visto caracóis trepando às centenas nos altos galhos agitados pela correnteza e os anuns partindo-os a bicadas.

E ao brilho da lua, havia assistido ao desfile dos carambatás subindo o rio com a barbatana à beira da superfície, para mergulharem todos de repente, à sacudida de um disparo.

Como nas grandes cheias. Mas o que acabava de tomar contato com ela, era um beiral de duas águas, como o telhado de um rancho caído na terra, e que a correnteza arrastava sobre uma jangada de aguapés.

Um rancho construído em pau a pique sobre um esteiro, e minado pelas águas? Habitado talvez por um náufrago que conseguira chegar até ele?

Com infinita precaução, escama pós escama, Anaconda percorreu a ilha flutuante. Encontrava-se habitada, com efeito, e sob a cobertura de palha estava deitado um homem. Mas ele apresentava uma grande ferida na garganta, e estava morrendo.

Durante longo tempo, sem mover sequer um milímetro a extremidade do rabo, Anaconda manteve o olhar fixo em seu inimigo.

Nesse mesmo grande golfo do rio, obstruído pelas escarpas de arenito rosa, a serpente havia conhecido o homem. Não guardava daquela história nenhuma lembrança precisa; e sim uma sensação de desgosto, uma grande repulsa por si mesma cada vez que a casualidade e somente ela despertava em sua memória algum vago detalhe de sua aventura.

Amigos novamente, jamais. Inimigos, desde já, posto que contra eles estava em curso uma luta.

Mas, apesar de tudo, Anaconda não se movia; e as horas passavam. Reinavam ainda as trevas quando a grande serpente desenrolou-se de repente, e foi até a borda da embarcação e estendeu a cabeça em direção às negras águas.

Havia sentido a proximidade das cobras em seu cheiro de peixe.

Efetivamente, as cobras chegavam aos montes.

— O que é que há? — perguntou Anaconda. — Vocês sabem muito bem que não devem abandonar seus aguapés em caso de inundação.

— Sabemos — responderam as intrusas. — Mas aqui há um homem. Ele é um inimigo da selva. Afaste-se, Anaconda.

— Para quê? Aqui ninguém entra. Esse homem está ferido... Está morto.

— E o que é que você tem com isso? Se ainda não está morto. Vai ficar logo, logo... Saia do caminho, Anaconda!

A grande serpente ergueu-se, arqueando longamente o pescoço.

— Aqui ninguém entra, eu já disse! Para trás. Tomei este homem sob minha proteção. E ai daquela que se aproximar.

— Cuidado você, Anaconda! — gritaram em um agudo silvo as víboras, inchando as parótidas assassinas.

— Cuidado com o quê?

— Com o que você faz. Você se vendeu aos homens! Iguana de rabo comprido!

Mal a cascavel acabava de assoviar a última palavra, quando a cabeça da serpente ia, como um terrível aríete, destroçar as mandíbulas do crótalo que, em seguida flutuava morto, com o liso ventre para cima.

— Cuidado! — e a voz da serpente foi agudíssima. — Não vai ficar uma só víbora viva em toda Misiones, se uma só se aproximar! Vendida, eu? Miseráveis...! Para a água! E tenham isso em mente: nem de dia, nem de noite, nem em hora nenhuma, quero cobras por perto do homem. Entenderam?

— Entendido! — respondeu da escuridão a voz sombria de uma grande jararaca. — Mas algum dia nós vamos lhe cobrar a conta disso, Anaconda.

— Em outra época — respondeu Anaconda —, prestei contas a alguma de vocês... E ela não ficou contente. Cuidado você mesma, bela jararaca! E agora, olho, hein... E boa viagem!

Tampouco desta vez Anaconda sentia-se satisfeita. Por que haveria agido assim? Pois nada a ligava nem podia ligá-la a este homem — um peão desgraçado antes de tudo — que agonizava com a garganta aberta...

O dia já estava clareando.

— Bah! – murmurou por fim a grande serpente, contemplando pela última vez o ferido. — Nem vale a pena me incomodar por este sujeito... É um pobre diabo, como todos os outros, a quem resta apenas uma hora de vida...

E com uma desdenhosa sacudida de rabo, foi enrolar-se no centro de sua ilha flutuante.

Mas, ao longo de todo o dia, seus olhos não deixaram um só instante de vigiar os aguapés.

Assim que caiu a noite, altos formigueiros que iam à deriva sustentados pelos milhões de formigas afogadas na base, aproximaram-se da jangada.

— Somos as formigas, Anaconda — disseram —, e viemos fazer-lhe uma advertência. Esse homem que está em cima da palha é nosso inimigo. Nós não o estamos vendo, mas as cobras sabem que ele está aqui. Elas o viram, e o homem está dormindo debaixo daquele teto. Mate-o, Anaconda.

— Não companheiras. Partam, tranquilas.

— Isso não é certo, Anaconda. Deixe então que as cobras o matem.

— Também não. Vocês conhecem as leis das cheias. Esta jangada é minha, e eu estou nela. Paz, formigas.

— Mas é que as cobras contaram a todos. Disseram que você se vendeu aos homens... Não se irrite, Anaconda.

— E quem é que acredita nisso?

— Ninguém, é claro... Mas as onças não estão contentes.

— Ah...! E por que é que elas não vêm me dizer?

— Isso nós não sabemos, Anaconda.

— Eu sei por quê. Bem, companheiras: Afastem-se, tranquilas, e cuidado para não se afogarem todas, porque logo serão muito importantes. Não temam nada de sua Anaconda. Hoje e sempre, sou e serei fiel filha da selva. Digam isso a todos, desta maneira. Boa-noite, companheiras.

— Boa-noite, Anaconda! — apressaram-se em responder as formiguinhas. E a noite as absorveu.

Anaconda havia dado fartas provas de inteligência e lealdade, para que uma calúnia viperínea tirasse dela o respeito e o amor da selva. Mesmo que sua pouca simpatia por cascavéis e jararacas de todo tipo não fosse segredo para ninguém, as cobras desempenhavam na inundação um papel inestimável, a tal ponto que a própria serpente lançou-se em longos mergulhos para conciliar os ânimos.

— Eu não procuro a guerra — disse às cobras. — Como ontem, e enquanto durar a campanha, pertenço de corpo e alma à cheia. Apenas a jangada é minha, e farei dela o que eu quiser. Nada mais.

As cobras não responderam uma palavra, e sequer voltaram seus frios olhos à interlocutora, como se nada tivessem ouvido.

— Mau sinal! — roncaram juntos os flamingos, que observavam de longe o encontro.

— Bah! — choraram trepando em tronco os jacarés ensopados.

– Deixemos tranquila a Anaconda... São coisas dela. E o homem já deve estar morto.

Mas o homem não morria. Para a maior estranheza de Anaconda, três novos dias haviam passado, sem levar com eles o suspiro final do agonizante. Ela não deixava um só instante de montar guarda; mas além de as víboras não se aproximarem mais, outros pensamentos preocupavam Anaconda.

De acordo com seus cálculos — toda serpente de água sabe mais de hidrografia do que qualquer ho-mem — deveriam encontrar-se já próximos do Rio Paraguay. E sem a fantástico contribuição de aguapés que este rio arrasta com suas grandes cheias, a luta estaria terminada antes de começar. Que significavam para encher e bloquear o Paraná em seu deságue, as grandes manchas verdes que desciam do Paranahyba, ao lado de 180.000 quilômetros quadrados de aguapés dos grandes banhados de Xarayes? A selva que ia à deriva nesse momento sabia muito bem disso, pelos relatos de Anaconda em sua cruzada. De modo que telhado de palha, homem ferido e rancores, foram esquecidos diante da ânsia dos viajantes, que hora após hora auscultavam as águas para reconhecer a flora aliada.

E se os tucanos — pensava Anaconda —, houvessem se enganado, apressando-se em anunciar uma mísera chuvinha?

— Anaconda! — ouvia-se na escuridão, de distintos pontos. — Você ainda não reconhece as águas? Terão nos enganado, Anaconda?

— Creio que não — respondia a serpente, taciturna. Só mais um dia, e encontraremos as águas.

— Só mais um dia! Vamos perdendo as forças neste alargamento do rio. Um novo dia!... Você sempre diz a mesma coisa, Anaconda!

— Paciência, companheiras! Eu sofro muito mais que vocês.

O dia seguinte foi um dia muito duro, ao qual somou-se a extrema seca do ambiente, e que a grande serpente suportou imóvel de vigia em sua ilha flutuante, acesa ao cair da tarde pelo reflexo do sol estendido como uma barra de metal fulgurante através do rio, e que a acompanhava.

Na escuridão dessa mesma noite, Anaconda, que fazia horas andava entre as jangadas sorvendo ansiosamente suas águas, lançou de repente um grito de triunfo:

— Salvos, companheiros! — exclamou. — O Paraguay já desce conosco! Grandes chuvas lá também!

E o moral da selva, revigorado como que por encanto, aclamou a inundação limítrofe, cujos aguapés, densos como a terra firme, entravam finalmente no Paraná.

***

O sol iluminou no dia seguinte esta epopeia nas duas grandes bacias aliadas que se vertiam nas mesmas águas.

A grande flora aquática descia, soldada nas ilhas extensíssimas que cobriam o rio. Uma mesma voz de entusiasmo flutuava sobre a selva quando os aguapés próximos à costa, absorvidos por um remanso, giravam indecisos sobre o rumo a tomar.

— Passagem! Passagem! — ouvia-se pulsar a cheia inteira diante do obstáculo. E os aguapés, os troncos com sua carga de assaltantes, finalmente escapavam à sucção, cortando como um raio pela tangente.

— Sigamos! Passagem! Passagem! — ouvia-se de uma margem à outra — A vitória é nossa!

Nisso acreditava também Anaconda. Seu sonho estava a ponto de se realizar. E cheia de orgulho, lançou à sombra do telhado um olhar triunfal.

O homem havia morrido. O ferido não havia mudado de posição nem encolhido um só dedo, nem sua boca havia se fechado. Mas estava bem morto, e possivelmente desde algumas horas.

Diante dessa circunstância, mais que natural e esperada, Anaconda ficou imóvel de estranhamento, como se o obscuro peão houvesse devido conservar para ela, a despeito de sua raça e de suas feridas, sua miserável existência.

O que lhe importava esse homem? Ela o havia defendido, sem dúvida; havia-o protegido das cobras, velando e sustentando à sombra da inundação um resto de vida hostil.

Por quê? Tampouco lhe importava saber. Ali ficaria o morto sob seu telhado, sem que ela voltasse a lembrar-se mais dele. Outras coisas a inquietavam.

Com efeito, sobre o destino da grande cheia desenhava-se uma ameaça que Anaconda não havia previsto. Macerado pelos longos dias de flutuação nas águas quentes, o sargaço fermentava. Grossas borbulhas subiam à superfície entre os interstícios e as sementes amolecidas aderiam-se aglutinadas ao contorno dos sargaços. Por um instante, as altas costas haviam contido o transbordamento, e a selva aquática havia coberto então totalmente o rio, a ponto de não se conseguir mais ver a água, apenas um verde mar por todo o leito. Mas agora, nas costas baixas, a cheia, cansada e sem a coragem dos primeiros dias, defluia agonizante rumo ao interior alagadiço que, como uma armadilha, lhe oferecia a terra à sua passagem.

Mais abaixo ainda as grandes jangadas partiam-se aqui e ali, sem forças para vencer os remansos, e iam gestar nas profundas enseadas seu sonho de fecundidade. Embriagados pelo vai e vem e pela doçura do ambiente, os aguapés docilmente cediam às contrações da costa, subiam suavemente o Paraná em duas grandes curvas, e paralizam-se ao longo da praia para florescer.

Nem a grande serpente escapava a esta fecunda brandura que saturava a inundação. Ia de um lado a outro em sua ilha flutuante, sem encontrar sossego em parte alguma. Próximo a ela, quase a seu lado, o homem morto se decompunha. Anaconda aproximava-se a cada instante, aspirava, como em um confim da selva, o calor da fermentação, e ia deslizar por um longo trecho seu cálido ventre sobre a água, como nos dias de sua primavera natal.

Mas não era essa água, já demasiado fresca, o lugar propício. Sob a sombra do teto, jazia um peão morto. Podia não ser essa morte mais que a resolução final e estéril do ser que ela havia velado? E nada, nada lhe restaria dele?

Pouco a pouco, lenta como se estivesse diante de um santuário natural, Anaconda foi se enrolando. E junto ao homem que ela havia defendido como sua própria vida, ao fecundo calor de sua decomposição — póstumo tributo de agradecimento, que talvez a selva houvesse compreendido —, Anaconda começou a botar seus ovos.

***

De fato, a inundação estava vencida. Por vastas que fossem as bacias aliadas, e violentos houvessem sido os dilúvios, a paixão da flora havia queimado o brio da grande cheia. Passavam ainda os aguapés, sem dúvida; mas a voz de alento — Abram caminho! Abram caminho! — havia se extinguido totalmente.

Anaconda já não sonhava. Estava convencida do desastre. Sentia, de imediato, a imensidão na qual a inundação iria se diluir, sem haver obstruído o rio. Fiel ao calor do homem, continuava botando seus ovos vitais, propagadores de sua espécie, sem esperança alguma para ela mesma.

Em uma infinidade de água fria, agora, os aguapés se desagregavam, esparramando-se pela superfície sem fim. Longas e redondas ondas balançavam sem concerto a selva desgarrada, cuja fauna terrestre, muda e sem oriente, ia afundando-se gelada na frieza do estuário.

Grandes embarcações — os vencedores — esfumaçavam ao longe o céu límpido, e um barquinho à vapor com seu penacho branco bisbilhotava entre as ilhas partidas. Ainda mais ao longe, na imensidão celeste, Anaconda destacava-se erguida sobre sua jangada e, mesmo diminuídos pela distância, seus robustos dez metros chamaram a atenção dos curiosos.

— Lá — ergueu-se de repente uma voz no barquinho. — Naquela jangada! Uma cobra enorme!

— Que monstro! — gritou a voz. — E olhem bem! Tem um rancho caído! Certamente ela matou o morador.

— Ou o devorou vivo! Esses monstros não perdoam ninguém. Vamos vingar o desgraçado com uma boa bala.

— Pelo amor de Deus, é melhor não nos aproximarmos — gritou o primeiro que havia falado. — O monstro deve estar furioso. É capaz até de se jogar contra nós quando nos vir. Você confia na sua pontaria a esta distância?

— Vamos ver... Não custa nada tentar um primeiro tiro.

Lá, ao sol nascente que dourava o estuário ponteado de verde, Anaconda havia visto o barco com seu penacho de vapor. Olhava com indiferença para tudo aquilo, quando distinguiu um pequeno floco de fumaça na proa do barquinho —, e sua cabeça bateu contra as madeiras da jangada.

A serpente ergueu-se de novo, atônita. Havia sentido um golpe seco em alguma parte do corpo, talvez na cabeça. Não entendia como. Tinha, entretanto, a impressão de que algo havia acontecido. Sentia o corpo dormente, primeiro; depois, uma tendência a balançar o pescoço, como se as coisas, e não a sua cabeça, estivessem dançando, e se escurecendo.

Viu repentinamente diante de seus olhos a selva natal em um panorama vivo, mas invertido; e diáfana sobre ela, a cara sorridente do peão.

Estou morta de sono... — pensou Anaconda, tentando abrir ainda os olhos. Imensos e azulados agora, seus ovos transbordavam do telhado e cobriam a balsa toda.

— Deve ser hora de dormir... — murmurou Anaconda. E pensando repousar suavemente a cabeça junto a seus ovos, atirou-a ao chão em seu sono final.

Sobre o autor

Nascido em 31 de dezembro de 1878, Horacio Silvestre Quiroga Forteza era filho do vice-cônsul argentino em Salto, Uruguai, e de Pastora Forteza. Por parte de pai descendia do caudilho Facundo Quiroga.

Desde o começo de sua vida, Quiroga viveu envolto em acontecimentos trágicos: com apenas três meses de vida, presenciou a morte do pai com um disparo acidental da própria escopeta.

A mãe, agora viúva, volta a se casar — desta vez com Ascencio Barcos —, e o pequeno Quiroga aceita sua decisão, apegando-se profundamente ao padrasto. Depois de cinco anos de casamento, Barcos, paralítico em razão de um derrame e incapaz de falar, se suicida com um tiro na cabeça.

Estuda na capital uruguaia até completar o curso secundário. Os estudos incluíram formação técnica e geral, e já desde muito jovem demonstrou um enorme interesse pela literatura, a química, a fotografia, a mecânica, o ciclismo e a vida no campo. Ainda jovem funda a Sociedade de Ciclismo de Salto.

Nessa época passa bastante tempo em uma oficina de consertos de máquinas e ferramentas. Por influência do filho do dono da oficina começa a se interessar por filosofia. Se autodefinia como fiel e veemente soldado do materialismo filosófico.

Aos 22 anos começam suas primeiras tentativas poéticas, que publica em livro na sua cidade natal.

Começa a colaborar com as publicações *La Revista* e *La Reforma*. Em 1898, conhece Maria Esther Jurkovski, que inspira duas de suas obras mais importantes: *Una estación de amor* (1912) e *Las sacrificadas* (1920).

O semanário *Gil Blas* de Salto começa, por esses tempos, a aceitar as colaborações de Quiroga, onde se torna amigo do escritor, ensaísta e poeta argentino Leopoldo Lugones, uma de suas principais influências.

Em 1899, Quiroga funda em sua cidade natal a *Revista de Salto*, publicação literária dirigida aos participantes do mundo das letras e tribuna da qual o jovem diretor tentaria impor as doutrinas do modernismo. A revista fracassa, desaparecendo definitivamente em poucos meses. Nela publica diversas obras, entre elas os ensaios "Aspectos do modernismo" e "Sadismo-masoquismo".

No ano seguinte, com o dinheiro da herança de seu pai, Quiroga viaja a Paris. Ali conhece o poeta modernista Rubén Darío e o grupo de artistas e literatos que o rodeavam.

Ao voltar para seu país, Quiroga reúne seus amigos escritores, fundando, com eles, um laboratório literário experimental com o objetivo de experimentar e divulgar os objetivos modernistas.

Lança seu primeiro livro, *Los arrecifes de coral*, poesia, 1901, dedicado a Lugones.

Morrem seus irmãos, Prudencio e Pastora, vítimas de febre tifóide, na província do Chaco, no norte da Argentina.

O ano de 1901 guarda ainda outra espantosa surpresa para o escritor: seu amigo Federico Ferrando, que havia recebido críticas ruins do periodista montevideano Germán Papini Zas, comunica a Quiroga que deseja duelar com o crítico. Horacio, preocupado com a segurança de Ferrando, se oferece para revisar e limpar o revólver que ia ser utilizado no duelo. Inesperadamente, enquanto inspecionava a arma, escapa-se um tiro que acerta a boca de Federico, matando-o instantaneamente. Quando a polícia chega, Quiroga é detido, submetido a interrogatório e, posteriormente, levado para a cadeia. Ao se comprovar a natureza acidental do homicídio, o escritor é liberado depois de quatro dias de prisão.

A pena e a culpa pela morte de seu querido companheiro levaram Quiroga a abandonar o Uruguai e ir para a Argentina. Cruzou o Rio da Plata em 1902 e foi morar com María, outra de suas irmãs. Em Buenos Aires o artista alcança a maturidade profissional, que chega ao auge durante suas permanências na selva. Além disso, seu cunhado o inicia em pedagogia, conseguindo-lhe trabalho sob contrato como mestre nas mesas de exame do Colégio Nacional de Buenos Aires.

Designado professor de espanhol no Colégio Britânico de Buenos Aires em março de 1903, Quiroga quis acompanhar, em junho do mesmo ano, Leopoldo Lugones em uma expedição à província de Misiones, financiada pelo Ministério da Educação, na qual o insigne poeta argentino planeja investigar as ruínas das missões jesuítas nessa província. A excelência de Quiroga como fotógrafo faz com que Lugones o aceite na expedição e o uruguaio pôde documentar em imagens essa viagem de descobrimento.

A profunda impressão que lhe causa a floresta missioneira marcaria sua vida para sempre: seis meses depois Quiroga investe o último dinheiro que lhe restava da herança que recebera de seu pai na compra de uma fazenda de algodão na província do Chaco. O projeto fracassa no aspecto econômico, principalmente por problemas de Quiroga com os peões, mas a vida de Horacio se enriquece ao converter-se, pela primeira vez, em um homem do campo. Sua narrativa, consequentemente, se beneficia com o profundo conhecimento da cultura rural e de seus homens, em uma mudança estilística que o escritor manterá para sempre.

Ao regressar a Buenos Aires, em 1904, publica o notável livro de contos *El crimen de del otro*, influenciado pelo estilo de Edgard Poe.

Durante dois anos Quiroga trabalha em múltiplos contos, muitos deles de terror rural, mas outros em forma de deliciosas histórias para crianças, povoadas de animais que falam e pensam sem perder as características naturais de sua espécie. Começa a publicar seus contos na célebre revista argentina *Caras y Caretas* em 1905, transformando Quiroga em autor com milhares de leitores ávidos.

Em 1906, Quiroga vai para sua amada selva. Aproveitando as facilidades que o governo oferecia para a exploração das terras, compra uma fazenda de 185 hectares na província de Misiones, às margens do Alto Paraná. Começa a dar aulas no Colégio Normal. nº 8.

Apaixonado por uma de suas alunas — a adolescente Ana María Cirés —, dedica a ela seu primeiro romance, intitulado *Historia de un amor turbio*. Quiroga insiste na relação mesmo diante da oposição dos pais da moça, obtendo por fim a permissão para se casar e levá-la para viver na selva com ele. Os novos sogros de Quiroga, preocupados com os riscos da vida selvagem, seguem o casal e se mudam para Misiones com sua filha e genro. Assim o pai de Ana María, sua mãe e uma amiga desta se instalam em uma casa perto do bangalô dos Quiroga.

Em 1911 Ana María tem sua primeira filha, Eglé Quiroga, de parto natural, em sua casa da selva e assistida por Quiroga como parteiro. É nomeado Juiz de Paz no Registro Civil de San Ignacio. As tarefas de Quiroga como funcionário merecem menção à parte: esquecido, desorganizado e descuidado, se acostumou a anotar as mortes, casamentos e nascimentos em pedacinhos de papel que "arquivava" em uma lata de biscoitos. Mais tarde atribuiria condutas similares à personagem de um de seus contos.

No ano seguinte nasce seu filho, Darío. Quiroga decide ocupar-se pessoalmente da educação de seus filhos. Ainda pequenos, os acostuma a andar pela selva, expondo-os amiúde — medindo sempre os riscos — ao perigo, para que fossem capazes de se desenvolverem sozinhos e de se saírem bem de qualquer situação.

As crianças desfrutam dessas experiências, que aterroriza e exaspera a mãe. A menina aprende a criar animais silvestres e o menino a usar a escopeta, pilotar uma moto e navegar, sozinho, numa canoa.

Entre 1912 e 1915 o escritor, que já tinha experiência com plantações de algodão e chá, empreende uma busca de saídas econômicas explorando os recursos naturais de suas terras. Cria gado, domestica animais selvagens, caça e pesca bastante. Nada com muito sucesso. A literatura continua sendo central na sua vida: a revista *Fray Mocho*, de Buenos Aires, publica numerosos contos de Quiroga, muitos deles ambientados na selva.

A esposa de Quiroga, que não conseguia adaptar-se a vida na selva, pedia insistentemente a seu esposo para regressarem para Buenos Aires ou que ele permitisse que ela voltasse só. Ante a cerrada negativa do escritor a ambas possibilidades, e imersa em uma grave crise depressiva, Ana María soma uma nova tragédia à vida de Quiroga, suicidando-se com veneno em 1915 depois de uma violenta briga entre eles.

Depois do suicídio da esposa, Quiroga se muda com os filhos para Buenos Aires, onde recebe um cargo de Secretario Contador no Consulado Geral do Uruguai nessa cidade, graças a amigos que desejavam ajudá-lo.

Ao longo do ano de 1917 publica seus contos em diversas revistas. A maioria deles foi reunida por Quiroga em livros, o primeiro dos quais foi *Cuentos de amor de locura y de muerte*, em 1917. O volume converte-se de imediato em um enorme êxito de público e crítica, consolidando Quiroga como o verdadeiro mestre latino-americano do conto.

No ano seguinte aparece seu celebrado *Contos da selva*, reunião de contos infantis protagonizados por animais e ambientados na selva de Misiones. Quiroga dedica esse livro aos seus filhos.

Em 1919 chega seu novo livro de contos, *El salvaje*. Sua única peça de teatro (*Las Sacrificadas*) foi publicada em 1920 e estreou em 1921, ano em que sai *Anaconda*, outro livro de contos. O *La Nación*, o mais importante jornal da Argentina, também começa a publicar os seus contos, que a essa altura gozavam de uma impressionante popularidade. Entre 1922 e 1924, Quiroga participa como secretário de uma embaixada cultural no Brasil, onde foi homenageado pela Academia Brasileira de Letras. Ao seu regresso, viu publicado seu novo livro de contos *El desierto*.

Por muito tempo o escritor se dedica à crítica cinematográfica, tendo a seu cargo a seção correspondente da revista *Atlántida*. Também escreve o roteiro para um longa-metragem que jamais chegou a ser filmado.

Durante este período, o escritor compra uma motocicleta; apaixonado por uma adolescente de Rosário, começa a fazer incessantes viagens a Rosário para vê-la, o que implica uma viagem de 460 km, que se acostuma a fazer em um dia.

Pouco depois, volta para Misiones. Novamente apaixonado, desta vez pela jovem de 17 anos Ana María Palacios, tenta convencer os pais de que a deixassem ir viver com ele na selva. A negativa dos pais e o consequente fracasso amoroso inspira o tema de seu segundo romance, *Pasado amor*, publicado em 1929.

Dentro da sua fazenda, Quiroga instala uma oficina na qual começa a construir uma embarcação que batizaria de "Gaviota". Concluída, pilota-a rio abaixo desde San Ignacio até Buenos Aires, realizando com ela várias expedições fluviais.

Em princípios de 1926, Quiroga volta a Buenos Aires.

Em 1927, Quiroga decide criar e domesticar animais selvagens, enquanto publica seu novo livro de contos, *Los desterrados*. Mas o apaixonável artista já está de olho naquela que seria seu último e definitivo amor: María Elena Bravo, colega de escola de sua filha

Eglé, que sucumbe aos seus apelos apaixonados e se casa com ele neste mesmo ano sem ter completado 20 anos.

Além do já mencionado Leopoldo Lugones, o infatigável trabalho de Quiroga no âmbito literário e cultural lhe granjeiam a amizade e admiração de grandes e influentes personalidades. Entre eles se destacam a poeta argentina Alfonsina Storni e o escritor e historiador Ezequiel Martinez Estrada, a quem Quiroga chama carinhosamente de "meu irmão caçula".

Em 1929, Quiroga experimenta seu único fracasso de vendas: o já citado romance *Pasado amor*, que só vende nas livrarias a exígua quantidade de quarenta exemplares. E também começa a ter graves problemas conjugais.

A partir de 1932, Quiroga estabelece-se definitivamente em Misiones com sua esposa e sua terceira filha, María Elena, que havia nascido em 1928. Para ele, que não tinha outros meios de ganhar a vida, consegue que se promulgue um decreto mudando seu cargo consular para uma cidade vizinha. A inquietude domina Quiroga, que pensou que em meio à selva poderia viver tranquilo com sua mulher e a filha.

Mas uma mudança política provoca a troca de governo, que não quis os serviços do escritor e o despediu do consulado. Alguns amigos de Quiroga, como o escritor saltenho (de Salto, Uruguai) Enrique Amorín, conseguem a aposentadoria argentina para Quiroga. Aumentam os problemas com a sua mulher, e passam a brigar quase que diariamente.

Nessa época de frustração e dor, foi lançada uma reunião de contos intitulada *Más allá* (1935).

Nesse ano de 1935, Quiroga começa a experimentar sintomas aparentemente vinculados a uma enfermidade na próstata. As interferências de seus amigos aparecem no ano seguinte: concederam-lhe a aposentadoria. Ao intensificarem-se as dores e dificuldades para urinar, sua esposa consegue convencê-lo a mudar-se para Posadas, cidade na qual os médicos diagnosticam hipertrofia de próstata.

Mas os problemas familiares de Quiroga continuam: sua esposa e filha o abandonaram definitivamente, deixando-o — só e doente — na selva. Elas voltaram para Buenos Aires e o ânimo do escritor decai completamente diante desta grave partida.

Quando seu estado de saúde se torna insuportável, Quiroga viaja para Buenos Aires para tratamento. Internado no Hospital de Clínicas de Buenos Aires em princípios de 1937, uma cirurgia exploratória revela um caso de câncer de próstata avançado e que não tem mais tratamento. María Elena mantém-se ao seu lado nos últimos momentos, assim como grande parte de seus amigos.

Na tarde de 18 de fevereiro, uma junta médica explica ao escritor a gravidade de seu estado. Mais tarde Quiroga pede permissão para sair do hospital, o que lhe foi concedido, e pode assim dar um longo passeio pela cidade, regressando ao hospital.

Ao ser internado no Clínicas, Quiroga fica sabendo que nos sótãos do hospital se encontra preso um paciente com espantosas deformidades. Com pena, Quiroga exige e consegue que o paciente — chamado Vicente Batistessa — fosse liberado e alojado no mesmo quarto onde ele está internado. Como era de se esperar, Batistessa torna-se amigo, rendendo-lhe adoração eterna e um grande agradecimento ao escritor.

Desesperado com os sofrimentos presentes e futuros e compreendendo que sua vida estava acabada, ele confidencia a Batistessa sua decisão: se antecipar ao câncer e abreviar sua dor. Nesta mesma madrugada (19 de fevereiro de 1937), Quiroga bebe um vidro de cianureto que o mata em poucos minutos.

Seu corpo é velado na Casa do Teatro da Sociedad Argentina de Escritores (SADE), da qual foi fundador e vice-presidente. Tempos depois, seus restos mortais são repatriados para seu país natal.

Sobre o tradutor

Wilson Alves-Bezerra, São Paulo, 1977, além de tradutor é poeta, romancista, crítico de literatura e professor. Dedica-se há mais de duas décadas à obra de Horacio Quiroga. No Brasil, publicou, sobre o uruguaio, os livros *Reverberações da fronteira em Horacio Quiroga*, Humanitas/FAPESP, 2008, cuja segunda edição está no prelo pela EDUFPR e *O anarquista solitário: uma biografia de Horacio Quiroga* (Iluminuras, 2024). No Uruguai, publicou uma série de cartas inéditas de Quiroga: *Nuevos papeles íntimos. Cartas inéditas*, +Quiroga, 2022, além de *Reverberaciones de la frontera en Horacio Quiroga*, +Quiroga, 2021. Na Inglaterra, *A narrative biography of Horacio Quiroga, the Lone Anarchist*, Cambridge Scholars, 2023. Traduziu, no Brasil, para a editora Iluminuras, de Quiroga, *Contos da selva*, *Cartas de um caçador* e *Contos de amor de loucura e de morte*. É professor de Letras na Universidade Federal de São Carlos e o atual diretor da EdUFSCar.

CADASTRO
ILUMINURAS

Para receber informações
sobre nossos lançamentos e
promoções envie e-mail para:

cadastro@iluminuras.com.br

A *Iluminuras* dedica suas publicações à memória de
sua sócia Beatriz Costa [1957-2020] e a de seu pai
Alcides Jorge Costa [1925-2016].